張曼娟

喜歡

⊕短篇小說集⊕

二十年後，依然喜歡

——《喜歡》二十週年序

喜歡一個人並不困難，在我們的生命旅程中，可能喜歡過好些人，可是，喜歡一個人能喜歡多久呢？會愈來愈喜歡？還是漸漸不那麼喜歡？甚至忘記了當初為什麼會喜歡？

上個世紀末，我的短篇小說集《喜歡》出版了，一年以內便締造了暢銷十萬本的佳績，而它絕不是當年最暢銷的作品。那是人們仍熱衷於閱讀的年代，如今想來，真是百感交集。

因為書的暢銷，在email中甚至出現了以「張曼娟的喜歡」為主旨的病毒，四處流竄。「嘿！妳變成病毒了。」同事和朋友這樣調侃我，我也只能苦笑，直到那一天，「張曼娟的喜歡」病毒也寄到我的信箱，才覺得太荒謬。

這本書裡有幾篇寫給孩子的故事，是因為我知道孩子真的喜歡故事；而聽故事的大人也有機會重返童年。這本書中最有影響力的應該是〈天使的咒語〉，偶然之間，我收到好友送的「永康到保安」火車票，寫下了一則「永保安康」的浪漫故事，於是，這張小小的硬卡火車票竟然成了平安符，尤其是在邁向千禧年的時刻，排隊買票的人龍綿延了幾公里長。我們在許願的時候，常常有許多華麗的願望，而真正重要的，不過就是平安健康而已。

二十年過去了，我依舊是喜歡說故事的，並且，寫小說的快樂也勝過任何文體，只是，寫小說的機會愈來愈少了。可能是因為現實的拖磨，讓我無法在另一個虛構的世界中盡情翱翔，想要出版新的短篇小說集的夢想也顯得遙不可及。所以，決定將前幾年創作，從未公開發表過的短篇小說〈翅膀的痕跡〉，收錄在二十週年紀念版中。

對我而言，這篇小說的創作也是一則神奇的故事。二〇〇八年，出現了一個英國人，從倫敦打電話到家裡、到學校，瘋狂尋找我，說是要向我邀一篇小說稿。有段時間，我根本當作詐騙事件處理，直到對方找來同步口譯，請我一定要聽他說明清楚。原來他是為某國際著名的鑽石品牌邀稿，他們要推出一款新的設計，是與愛情相關的，想要邀請亞洲地區幾個國家的女作家，各寫一篇小說，關於「珍貴」與「愛的獨特記憶」，其實，每一段愛的獨特記憶，都是很珍貴的啊。這些小說完成後，將製作出一本絕無僅有的手工書，在推出新品時展出。他說，在詢問臺灣女作家時，有人向他推薦了我，所以，他打了無數通電話，希望我能答應。同時，他也提出了不可思議的高額稿費，以示誠意。我當時只想知道到底是誰的推薦？為什麼會是我？當然，這是我得不到的答案。這樣的神奇時刻，卻是永難忘懷的。

我常覺得自己只是個平凡人，卻因為創作，於是，許多神奇的事陸續發生。我多麼感謝當年的自己，雖然不被看好，飽受抨擊，卻沒有放棄，堅持到今天。我更加感謝親愛的讀者朋友，對我的肯定與支持，超過二十年甚至三十年。能喜歡一個人超過二十年，可不是一件容易的事吧？那麼，我也只能繼續努力的證明，對一個寫作者這樣的喜歡，是值得的。

二〇一九年元宵

有些人，有些事

——《喜歡》舊版自序

後來，我長大了。

許多童年故事都以這句話作結，我卻想以這句話作為《喜歡》的開場。

我已經長大了，仍對一切美好的事物著迷，心裡還藏著一對孩童的眼睛，那是一雙易感的、好奇的、落淚的眼睛。一方面容易動心，一方面又善於隱藏的我，是一半女人一半孩子的我。對於生命總有許多迷惑，有時發呆，有時忽然微笑起來，我真的已經長大了嗎？但我還記得小時候多麼喜歡聽故事；還記得少年時多麼浪漫而又寂寞，我開始嘗試少年小說的創作，於是有了〈珍珠眼淚〉、〈十五歲生日〉和〈我真的想知道〉。

後來，我長大了，才發現，有些事，原來不是說過去就能過去的。

記得失去愛情那一年，從春天到夏天，從夏天到冬天，有秩序的重整自己的生

活，一點一點的復元。我在各地的巡迴講座上，曾經向那麼多讀者，訴說愛情的美好，失戀後應該滿懷感激，說過去了就是過去了。甚至，為了向自己證明一切都過去了，我溫和禮貌的與分手的情人相約喝午茶，雲淡風清的笑談往日的點點滴滴。我沒有支離破碎，我度過了，假若這是一個波濤洶湧的津渡，我驕傲的以為自己撐篙溯流而上了。

直到一年後的一個深夜，我輕快敲打電腦鍵盤，書寫一個愛情故事，收音機慣常開著，讓歌曲或音樂充滿空間。我忽然聽見一個女歌手很有情感的唱著：

如果那時真的讓愛留下來
也許現在只會變得更孤獨
情願笑著流過淚　不讓生命荒蕪
也許我們都該慶幸　這樣結束

我的手指停住，我心中那塊被剜去的傷口，痛澈神魂，不能再支撐。我掩住臉，在寂靜的夜裡，哀哀痛哭。

我的哭泣，已經不是為了某個人，而是為著對往昔的迷戀與痛惜，往事一去不回了，我卻不甘心，還不想放手，那使我一直陷在冰冷的溪水裡，載浮載沉。我再不想掙扎了，不想假裝自己很堅強，我需要的是時間，更多歲月過去，我從往事中明瞭了自己，明瞭了愛的課題，終於可以再愛。

〈嗨，這麼巧〉的若葵；〈在冬天，握住一隻小手〉的桂華；〈再見，啟德再見〉的春溪，都是如此。

愛得更從容，也更自由。

有些人，真的不是說忘記就能忘記的。

多年以前，當我們還很年輕的時候，總有一些在乎的人。他們的一言一笑都牽動著我們的情緒，因為可以相見，我們何等雀躍；因為必須離別，我們神傷痛楚。愛著一個人的時候，我們超出想像的勇敢，也超出想像的脆弱。多年以前，我認識了一個人，他不常說話，獨來獨往，不為什麼理由的對我很好，大家都說他很性格，很難親近，我卻總覺得他很容易受傷的樣子。當他的眼睛看著我，那裡面祈請的震顫光芒令我隱隱不安，我的言語和行動變得小心，很怕稍一不慎，就傷了他。

後來，我們即將分別時，他坦白了自己的情感，說，他喜歡我。我終於明白，他不顧一切的付出，如此勇敢，因為他喜歡我。他眼中的期待將他懸盪在歡喜與悲傷之間，如此脆弱，也是因為他喜歡我。將來我一定會去找妳的，等妳快要忘記我的時候，我就來了。他這麼說。

我不想忘記他，忘記他並不能令我比較快樂。記得他，記得自己曾經被真心誠意，戒慎恐懼的喜歡過，雖然沒有真實深刻的愛戀，卻有著更純粹的美好。這份美好溫暖的感覺，甚至能夠支撐我們走過生命中的冰原。

〈天使的咒語〉的祥祥；〈若要落車，請早揚聲〉的阿傑；〈如果長頸鹿要回家〉的阿晨；〈喜歡〉的邱遲，都是如此。

在心中藏著一個名字，像一朵永不凋謝的玫瑰。

〈一九九九年一月　臺北盆地〉

目錄

青春的換日線上

思念從未走遠

聆聽幸福的聲音

青春的
換日線上

在青春的換日線上，

我們練習愛與飛翔，

張開心靈的翅膀，丈量夢想。

如果長頸鹿要回家

他看見懸浮的鐵軌上，
綺綺用一條月光色的鍊子，
牽著長頸鹿慢慢走回家，
她一邊走一邊唱著一首快樂的歌⋯⋯

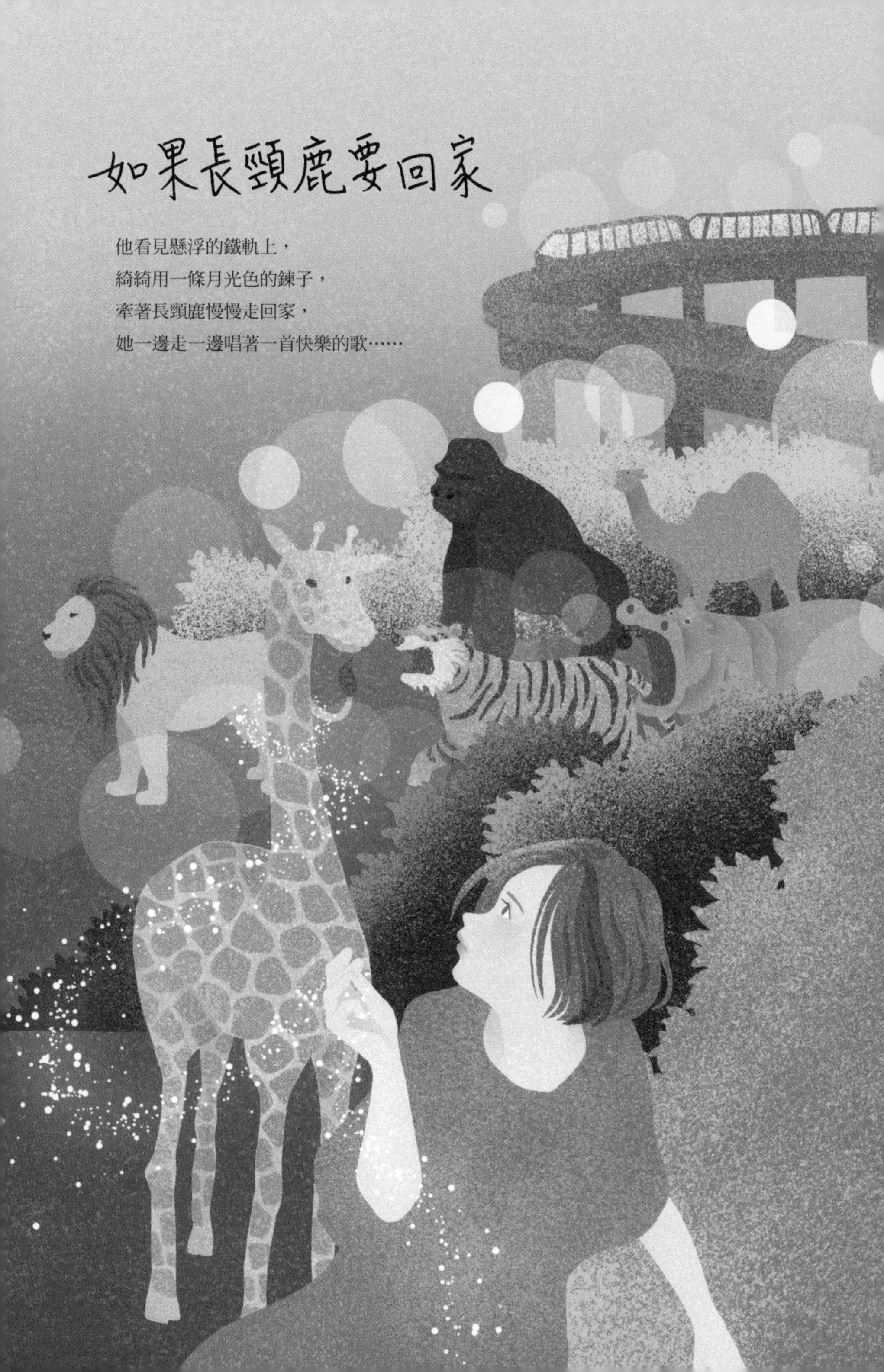

「其實，當初並沒想要介紹你們認識的。」

綺綺回美國去以後，她的表姐帶幾分歉意與遺憾的說。

阿晨沒說什麼，他微微的笑，覺得退了冰度的啤酒簡直難以下嚥。和綺綺的相遇就是在啤酒屋裡。

挑染了鮮紅色短髮的年輕女孩鼓著腮幫子，一手托著下巴，另一隻手的食指不時在啤酒杯裡攪和兩下，好生無聊似的。阿晨特意挑了個遠一點的位子坐下，不想被憂鬱的氣氛感染，他假設這女孩因為憂鬱所以顯得心不在焉。

「是我女朋友的表妹，有點滑稽的女生，從國外回來的，說沒看過啤酒屋，就跟著來了。」小丘湊過來向他解釋。

小丘的女朋友是本來就認識的，阿晨失戀以後還替他介紹過女朋友，買賣雖然不成，可仁義還是在的。

「綺綺！喂！綺綺！介紹阿晨給妳認識。」表姐一貫熱情洋溢的喊著。

阿晨覺得微笑點頭好像還不夠，不知不覺發現自己伸出了手。綺綺猶豫了三秒鐘，右手離開了啤酒杯遞給阿晨，帶著一朵甜美合宜的笑。阿晨應該考慮要不要握那隻啤酒手的，可是他無法抗拒這樣的笑意，於是，握住她的，剛剛從啤酒裡拔出來的手。

「哈囉！阿晨。」綺綺的聲音很孩子氣，但不像是刻意撒嬌。

她握住阿晨的手，忽然集中起了注意力，盯著他的手背看，好像那上頭有一隻貓頭鷹或者是藏寶圖的樣子。連阿晨的好奇心也萌生起來，他覺得自己也該看一看。綺綺忽然抽出手，以極迅捷的速度，用指尖刮過他的手背，拈起什麼東西，浸泡在啤酒杯裡。

「幹嘛啊？」表姐嚷嚷著。

「我的魚跑出來了，現在，我把牠捉回去了。」綺綺說。

「哇哈哈——」小丘笑得好高興，靠近阿晨：「夠古怪吧。」

阿晨用力盯著綺綺的啤酒杯，看不見一條魚的蹤跡，可是，綺綺又繼續在啤酒裡繞行她的手指頭了。阿晨於是知道她一直都在跟她的魚玩著，縱使，也許那條魚是別人看不見的。

那夜他們一群人玩到很晚，阿晨住木柵，被分配送住政大的綺綺回家。上車以前，綺綺停下來看阿晨的嘉年華車窗上掛的迷你T恤，小衣裳上寫了幾行字：

等我長大以後　我要變成　凱迪拉克

綺綺用英文詢問清楚這幾句話的意思以後，笑得伏在行李箱上起不來：

「Oh! My God!」她笑得眼淚都流了出來：「好棒的車！你長大以後一定會變成

了車。

凱迪拉克的……」她拍著車門，像跟一個準備聯考的孩子說話一樣。跑跑跳跳的上了車。

快接近政大的時候，她指著遠處的燈光問：

「那裡是不是動物園？」

「妳想去看一看嗎？」

他車上的小T恤，是失戀後一個人開車去墾丁，逛進一家個性商店買的，掛了快一年了，沒人有過這麼激烈的反應，綺綺的反應讓他忽然升起一股知己之情，整個人也變得體貼柔軟起來了。

車子駛過動物園門前，綺綺問：

「我們可以進去嗎？」她的聲音小小的。

「關門了，我們進不去。」阿晨發現自己的嗓門也壓得好小，好吃力。

「我們可以爬牆進去。」

「不行！動物都下班了，我們又沒付加班費，牠們不給看的。」他像跟小孩說話一樣的跟綺綺說。

「這是捷運嗎？是不是捷運？」綺綺的注意力已然轉移。

「這是捷運，可是太晚了，沒有車了。」

「哇……」她的嘆息聲很特別：「好大的彎道哦，一定很好玩，我最喜歡有捷運和地鐵的城市了。」

「妳一定最喜歡臺北，因為我們有全世界造價最貴的捷運。」

「那好棒哦。」

好棒？從沒聽過任何人對這件事有這樣的反應，這個女生顯然不知民間疾苦，也不懂嘲諷的藝術。

但是，他們還是約了一起去動物園，以及搭捷運。

阿晨後來知道了綺綺的事。她小學畢業以前都是外公外婆帶的，像個小公主一般受寵，天天說不完的童話故事，後來，長年在國外經商的父母親，接了綺綺去共同生活，綺綺因為不能適應，變得自閉，常常沉浸在自己的世界裡。她表姐說她父母的感情不好，她又沒有兄弟姐妹，一定是太孤獨了。她回來探親度假，全家人都寵著，尤其是她的外公外婆。

阿晨還是約她，並且發現如果一直找話題跟她說，她就沒時間東想西想，想出一堆有的沒有的。

有時候他下班已經十點多，便約她去動物園捷運軌道下的河堤聊天，他們一起仰頭看四節車廂從頭頂經過，光亮混合著聲響，像一枚巨大的流星，緩緩低空飛過。

綺綺仰頭專注的看列車，阿晨悄悄看她光潔小巧的下巴，弧度優美的頸項。

下一次，他對自己說，下一次列車經過的時候，我一定要吻她。

可是，綺綺眨動著睫毛的樣子看起來太無邪，他明明知道她已經二十四歲了，還是覺得她像未成年少女。他建議她下次把紅色的挑染髮絲換成白色，也許會比較成熟，然後他也比較不會有罪惡感。

一群人去唱KTV的時候，綺綺一支歌也不唱，只是坐在那裡克盡本分喝飲料，不一會兒就把歡樂壺喝光了，又不唱歌，阿晨不知道她喝那麼多澎大海幹什麼。

坐在河堤上，阿晨說：

「現在沒有人，妳唱一首歌給我聽吧。隨便唱一句也行，我聽不懂的也可以。」

綺綺說她沒有歌可以唱，她不會唱任何一首歌。

「那麼，將來我想起妳的時候，一首歌也沒有了。」

「你想我幹嘛？」綺綺抱著膝蓋。

阿晨的沮喪與受傷的感覺一起湧上來，他自暴自棄的：

「對啊，我幹嘛那麼無聊，朋友一大堆，不必想起妳的……」說完了，一點都沒有挽救搖搖欲墜的情緒，反而更加挫折。

呼囉囉——捷運列車從頭頂經過。阿晨沉篤著聲音，下定決心的說：

「綺綺，我喜歡妳。」

仰著頭的綺綺轉回頭看住阿晨，她說：

「你說什麼，我聽不清楚。」

還有沒有勇氣再說一次呢？

「我說，我喜歡妳。」

綺綺撐著從堤上跳下來，走向他還沒變成凱迪拉克的車，她說：

「喜歡不是愛。」

那一夜開始，阿晨認真思索，喜歡和愛之間，到底有什麼不一樣？是否因為她真的挺奇怪的，所以他只是喜歡她，還沒愛上她？她的奇怪是因為她眼中的世界和大家都不同。看著最後一班捷運進站，燈火通亮的車廂裡，幾乎一個人都沒有，綺綺便說：

「這是動物園專用的車，猩猩啦，河馬啦，駱駝啦，老虎獅子啦，統統回動物園的家了。」

當她這麼說的時候，彷彿真的看見扶老攜幼的動物們，魚貫的走出車門，下了階梯，進入動物園大門。

「每個動物都回家了，只有我和長頸鹿不能回家……」她忽然悲傷起來。

「為什麼長頸鹿不能回家？」

「車廂太矮了，長頸鹿怎麼塞得進去啊？」

「那，妳為什麼不能回家？」

「我不知道家在哪裡。」

暑假結束之前，他送她回家，下車以後，她繞到駕駛座旁，對他說：

「拜拜！凱迪拉克！拜拜！」

同時，她輕輕吻了吻他的臉頰。

下一次見面，不管有沒有捷運，我一定要吻她。阿晨對自己盟誓。

但，他沒有機會，因為綺綺回美國去了，她留下地址請表姐轉交給他。阿晨有一種很奇怪的虛無之感，一個沒有國度，沒有歌曲，也沒有家的女孩，一個永遠不肯長大的女孩，前幾天還質疑過喜歡與愛，接著就不告而別了。他沒有和她聯絡，只把這樣的一場相遇當成夢，此刻，夢醒了。

可是，看見捷運，還是忍不住想起動物搭捷運回家這一類的話，想著想著便一個人笑了起來。

又在啤酒屋碰見小丘和綺綺的表姐，小丘告訴他，那個怪表妹回美國以後進醫院治療去了，不知道這一次能不能把那些稀奇古怪的念頭治乾淨。然後，表姐說了，當初，並沒有意思介紹他們認識的。

阿晨慌慌草草的喝著啤酒，想到綺綺那樣可愛的笑臉，卻一直忍受著一些擺脫不掉的困擾，他的內心湧動一種難以形容的纏綿痛楚，這，難道就是愛了？果然與喜歡是不一樣的。

他們到底要把綺綺治成什麼樣子啊？

那夜他夢見了綺綺。

第二天便寫了一封信，告訴綺綺，在捷運最末班車之後，在猩猩、河馬、駱駝、獅子、老虎都下車以後，他看見懸浮的鐵軌上，綺綺用一條月光色的鍊子，牽著長頸鹿慢慢走回家，她一邊走一邊唱著一首快樂的歌，原來，她的歌聲如此悅耳動人。

如果長頸鹿要回家，一定會有辦法的。

如果綺綺要回家，也一定辦得到。

〈創作完成於一九九七年〉

珍珠眼淚

他把珍珠偎在臉畔，我的眼淚，在他的面頰上。
像是一種依依不捨的情意，
他的明亮的眼，我的明亮的淚，天上明亮的星星。

倚靠在岩石旁的洞穴裡，夕陽漸漸沉落，落進大海，然後，月亮會升起來，今夜是圓月，是我上岸的日子。

我已經等了一整天，等著風把我的鱗片吹乾，等著月光將我的尾化為人類的雙腿。在水晶球裡，我看過人們用腿走、跑、跳，以及舞蹈；在宮殿裡，我也聽姊姊們描述過一雙腿的美妙，站立在地上並且行走的神奇。等待這時刻的到來，其實已經很久了。

是的，我是魚。但我不是普通的魚，我是人魚。

我們與人類本是同族，百萬年前，生活在海洋的我們改變形貌，從海裡走上陸地。臨上岸，我的祖先猶豫了，因為捨不得拋下碧藍的水晶世界，這一遲疑，下半身無法變化，只得與人類的祖先告別。

回到海裡的人魚族裔失意惆悵了許多年，因為，上岸以後的人類仍有下海的本領，近來甚至還飛上了天，彷彿是無所不能的。可是，化為人上岸遊歷一番，又回到海鄉的族人，最近總是說，陸地上的生存環境愈來愈惡劣了，人類也不像我們這樣優雅和平，他們不斷製造戰爭與屠殺，血和火和死亡。

「終有一天，他們會回來的。」族裡有智慧的長者這樣說：「我們祖先的選擇沒有錯。」

然而，對於陸上的大千世界，繽紛萬狀，我們仍是好奇的。不知從何時開始，男魚十八歲那年，女魚十六歲那年，可以有三十天的地上歲月，從這個月圓之夜，到下一個月圓之夜。

這樣的時刻，總算讓我等到了。

黎兒！黎兒——

我的姊姊們浮上水面，緩緩游到洞穴邊。

月亮快出來了。大姊說。

妳真的決定上岸去嗎？二姊問。

去吧！去吧！我錯過了這個機會，好後悔呢！四姊說。

得了！妳那時忙著戀愛，哪裡稀罕。三姊笑著調侃四姊。

她們說著笑著，但，我們並不靠聲音和語言來表達。我們心意相通。這一點似乎比人類進步，據說語言文字不易精確傳達，加上人類善於隱藏、掩飾，言不由衷，許多誤會、衝突，甚至戰爭，便是這樣引發的。

鏡姨叫我帶這個給妳。二姊送來一粒橙色的丸藥。

這是什麼？

這是聲音和語言。妳需要的，假如真的找到了他，就要讓他明白妳的心意……

我們同時想到，許多年前族裡最美麗的人魚公主，為了愛人，甘願變成泡沫的悲慘故事，只因她缺少溝通能力。同樣的錯誤，我們魚族絕不再犯。

鏡姨要什麼條件作交換呢？我問。

鏡姨是族裡的巫師，從她的水晶球中，我知道了自己要找的人在哪裡。而她叫姊姊送來聲音和語言，一定是有條件的。

吃了這藥，妳就失去游泳的能力，在恢復原形以前，下海就會淹死。二姊看著我。

怕什麼！只有一個月。四姊嚷著。

妳不知道。有時候會很想家的。三姊說。

我還顧她們，突然覺得捨不得了，突然覺得害怕，不想離開了。

黎兒！妳只能有一次機會，一定要想清楚。大姊慎重的說。

我彷彿又見到他，那個健康俊朗的水手，在波濤中翻滾如游龍，他的朗朗笑聲；念詩時溫厚沉穩的聲音，棕色的微捲髮絲，棕色的飽含情感的眼眸，嵌在頰上深深的酒窩，撒網時矯健的身手。

我從二姊手中接過丸藥，吞咽下去。

「我要上岸去。」我說。我聽見自己這樣說，我聽見自己的聲音，原來，原來我的聲音聽起來是這樣的。

「我的聲音好聽嗎？」我興奮的問。

月亮出來了。姊姊說。

妳的聲音很好聽。說這話的是男魚昆德，他不知何時來的，並且帶來了我們的小妹妹吉兒。

吉兒喊著：姊姊別走哇！

她迅速游過來抱住我，劇烈的疼痛使我彈起來，摔在岩石上。

別碰她！姊姊們拉開吉兒：她的尾巴和鱗片已經風乾了，馬上就要蛻下來了。

在銀白的月光下，我看著下半身奇特的裂開分離，姊姊們幫著我揭開尾巴，罩上人類衣裳的剎那間，我看見一雙腿，真的是一雙人類的腿。

我轉側身子，坐在岩石上，試著感覺有腿的感受。

昆德把我的尾巴浸在水中，跟隨了我十六年，現在彷彿不屬於我了。

我替妳保管。昆德說：一個月以後妳不回來，它就會僵硬，鱗片會脫離，再也不能用了。

他取出一只琉璃小瓶給我。

帶著這個。

「這是什麼？」

人類缺不了空氣，陽光和水。我們人魚族缺不了海洋和生命之泉。這是生命之泉。妳每天喝一點，就不渴了。

「謝謝你。」

姊姊！妳會回來的，是不是啊？吉兒高聲嚷著。

「我當然會回來。」

一個月以後，我們來接妳。姊姊們揮手：別怕！走吧！再見了。

再見了。我的藍色的海鄉。

我的肌膚首先變換顏色，長年在海水中被映藍了的膚色，在月光下，逐漸褪色，成為皎潔瑩白。我的行動因突然沉重的身體而遲緩，是因為不再有水中浮力的緣故吧？大概還需要一段時間適應。

我向內陸走去，往心中那個方向走，走著走著，聽見潺潺流水聲，啊，是小溪。我又走，突然被眼前不能置信的景象驚懾，那該是一片草原，彌漫一整片，細細小小，熒熒亮光。一大片閃閃發亮的大草原。仔細望去，發現那亮光移動著，草原彷彿也飄蕩著。是蟲呢！是一種提著燈籠飛翔的蟲子，陸地上竟有這麼動人的景色。我怔怔的看了許久，不忍離去。

繼續走，走過村莊時，聞到了濃郁的香氣，是二姊說的七里香？還是三姊說的玉蘭花？黑夜中不能辨識的一股幽香。

當我終於走進這座叫華郡的城鎮時，天已經亮了。

華郡的人們大概是勤奮的，上工、上學、做生意，都早起並且出門了。我在路邊坐下，覺得疲倦了，又飢又渴。

而且，因為長途跋涉，我心中的方位已失去，我迷路了。

街道上的人漸漸多起來，我的恐懼也浮升起來，現在，我真的置身在人類的世界了。聽著他們的喧譁，嗅著他們的氣味，愈感到孤獨。

「你們看！那女孩的頭髮好美。」

這是第一個向我表示善意的女孩，叫做珊珊。

「妳從外地來的吧？只有一個人嗎？需要幫助嗎？」她俯身問我，黑色的短髮，戴著俏皮的小帽子。

其他的男孩女孩也圍攏過來，我嘗試著用他們的語言溝通：

「我、來找、方若士。他是一個、水手。」

「啊！」他們站起身子，一齊望向走在前方的年輕人。

「叫他！」珊珊簡短下令。

立刻有個小男孩跑上前去，跟那年輕人說話，年輕人站住，轉回頭——是他嗎？我深深思念，不能忘懷的那個人。

轉回頭，擰起的眉，飛揚的眼，修長的身材，的確很像，但我知道不是他。不是。我的如擂鼓一般的心跳逐漸平息下來。

年輕人走到我身邊，上下打量，然後問：

「妳是誰啊？找方若士做什麼？」

「喂！方思洋！你怎麼這麼沒禮貌。人家是客人耶！」珊珊在一旁打抱不平，我開始喜歡她了。

「大小姐！這裡沒妳的事了。她是我家的客人。」

「神氣活現。」珊珊甩頭就走，卻又問我：

「妳叫什麼名字？」

「黎兒。」

「很高興認識妳，如果受了欺負，來找我。」

他們都離開了，只剩下我和方思洋。我有些緊張，顯然他並不和善。人類為什麼那麼容易生氣呢？

我緊盯著他看，他卻像有些靦腆，眼光望向另一邊說：

「跟我走吧。」

我默默的跟隨他，穿過大街，轉進幽暗陰濕的小巷，踩著石板地，他忽然問：

「妳怎麼認識他的？認識多久了？」

「我，偶然認識的，大概三年前。」

是的，三年前我在海面上看見他，聽見他吹口琴，那時候就在等待十六歲的生日了。

「三年前？」思洋停了停，而後繼續走，自言自語的說：「真奇怪……」

他在一棟半傾的破舊房子前站住，對我說：「妳要找的人就在裡面。」

周圍都是齊整潔淨的樓房，有些陽臺窗上還種著花，方若士為什麼竟住在如此簡陋的地方？他不是個積極勤奮的青年嗎？

看見我遲疑著，思洋大聲叩門，並且揚起聲音喚：

「伯伯！伯伯——」

沒有回答，門卻開了，大概沒鎖上。思洋索性推開門，狹小的房子充滿霉味，所有家具堆在一起，高高的窗口投射進來一束光，光內的搖椅上，頹倒著一個男人。

「他怎麼了？」我驚恐的。

「別怕！他只是又醉了。這些年來，他總是這樣。」

我跟著思洋走過去，才看清那是個鬚髮不整的落魄老人，鬆弛的皮肉堆積著，灰垢與皺紋堆積著。令人不舒服的凸腹和沖天酒氣。

「醒一醒啊！伯伯！有客人來找你。」

「不是。我不找他，我找方若士。」

「他就是方若士呀！」

「不是的，他不是……」

「妳究竟見過方若士沒有？他是我伯伯，我是他侄兒，認識他十八年了，他就是方若士！曾經是最風光的水手，現在，就是這樣了。」

方若士，怎麼變得這樣蒼老？這樣醜陋？怎麼會呢？

我想起鏡姨在水晶球中找到方若士的蹤跡，我急著要看，她卻籠起水晶球，意味深長的說：

「陸上歲月與我們海中歲月，是不同的。」

我到此刻才恍然明白，海中三年，卻是陸上三十年，我所牽繫想念的人，已經是個老人了。

我站著，卻說不出一句話。只覺得所有的氣力都流失了，搖搖欲墜。所有的一切，都是荒謬的。上天怎麼忍心跟我開這麼大的玩笑？

「思洋！你這個不上進的壞東西！又逃學了！你想把我活活氣死。是不是！」

充滿怒氣的咆哮聲在門口響起，那個婦人是思洋的母親。我看見思洋跑過去和她說話，而我只能坐在地上，反覆的想著：怎麼會這樣？怎麼會呢？

思洋的母親走過來，扶起我，溫柔的說：

「孩子！不要悲傷，他這個樣子已經好幾年了。來！告訴我，妳從哪裡來的？妳和他是什麼關係？」

「我，從很遠的地方來的，我跟他是……」我停住了，不知該怎麼說。

方太太仔細打量我，突然眼中綻出光彩，捉住我的雙手：

「妳是他的女兒，對不對？啊，一定是了。沒關係，我們不必告訴他，免得刺激他。我是嬸嬸！」她一把抓住思洋：「他是妳堂哥。」

思洋掙開母親，不耐煩的：

「黎兒也沒說是伯伯的女兒，妳幹嘛說她是？」

「我看得出來，我有經驗啊。」

「嬸嬸。」我呼喚，這一聲令方太太喜；卻令思洋惱。但我顧不了這麼多了，因我需要一個身分。

「他為什麼變成這樣？」

「他是被海洋害的！」方太太咬牙切齒的。

「媽！妳又來了！」

「難道不是嗎？你伯伯叫海上妖精給迷住了，窮困潦倒，還瞎了眼！你爸爸被大海奪去了性命！剩下我們孤兒寡母，你還天天要往海上跑——」

海上妖精？窮困潦倒？還瞎了眼？

後來，思洋告訴了我方若士的故事，說他年輕時風采迷人，每個碼頭都有等待的女人。然而，他卻在海上看見了一個非常漂亮的女孩，他為她念詩，吹口琴給她聽……講到這裡，思洋忽然問：

「妳聽過人魚的傳說嗎？」

我不知道該怎麼回答。

「我相信。而且有一天，我也要到海上去尋找。」

「方若士怎麼瞎了？」

「他後來一直在海上尋找那個女孩，找了好久好久，做事心不在焉，沒有老闆肯雇用他，他只好回到陸地上，在岸邊癡癡的等著、望著，後來就瞎了。」

我想起，年輕的方若士在深夜的海上，從甲板探出半個身子，急切的說：

「妳聽得懂我說的話嗎？我要告訴妳，妳是我見過的最漂亮的女孩。」

想起他倚在岸邊岩石念的那首詩：

一定是因為妳
上天才讓我看
如果不能再相見
我又何需雙眼

他終於失去了雙眼；失去了工作；失去了青春，一無所有，又病又老又殘。

醫生說，方若士的生命已經走到了盡頭。

「大約只剩下一個月了。」

方太太說：

「老天爺一定是可憐他，才讓女兒找上門來。」

方思洋說：

「我知道妳一定不是伯伯的女兒。我也不希望妳是。」

珊珊說：

「妳的聲音真好聽，妳的樣子像個公主。」

方若士說：

「妳到底是誰呢？如果不是因為妳會說話，我幾乎要以為妳是……咳，不可能，沒有人相信我說的話。人們只相信他們看見的事物。」

「告訴我，你在海上的故事吧。」

「是的，海上的故事。海上原本有很多故事，求生和掙扎和死亡的故事。可是，自從我在月光下看見那個女孩，就只有那一個故事了。一個美與愛的故事。」

為什麼不說是折磨和痛苦的故事呢？

我在床邊靜靜聽著，靜靜的落下眼淚。

「什麼聲音？」方若士側耳傾聽。

「什麼？」

「啊！」他點了點頭：「妳的珠鍊斷了。」

我低頭，赫然發現我的眼淚，因為悲傷與感動而流出的淚，竟化成了大大小小的珍珠，滾落在地上。

「是珍珠嗎？」

「是的。」

是珍珠。是我的眼淚，珍珠眼淚。

「那很值錢。快收起來，別弄丟了。」

很值錢嗎？

第二天我交給思洋幾顆珍珠，叫他拿去賣。

「我不能。沒錯，我們很窮，但是，我們不能接受妳的救濟。」

「方若士看病要錢，你母親維持生活也要錢！」

思洋的臉漲紅了，像是在跟自己生氣：

「我說不要就是不要！」

方太太衝過來，接過珍珠，並且抱住我，淚流滿面：

「好孩子！謝謝妳！謝謝……」

有一天，方若士在對我說故事的時候，突然停住。

「黎兒。我希望回到海邊，雖然看不見，但還可以聽，可以嗅，我想在海邊死去，感覺離她近一點。」

我轉開臉，看見幾顆珍珠落進裙褶裡。

思洋陪我們一同去，他可以照顧方若士和我，方太太竟然同意了。臨行前把我拉到一旁叮囑：

「妳一定不能讓他上船出海，在這世界上，我只剩下他了。」

出門前，思洋擁抱母親，匆匆在她頰上一吻。我在他們倆的臉上看見難捨，這對時常爭吵的母子，其實是很相愛的。

於是，我們陪伴方若士上路了，為了完成他最後的心願，去尋找那個其實就在身邊的女孩。

我們扶持著方若士向海邊走，因為他太虛弱的緣故，走得特別緩慢。中午時分，我們在熱鬧的市集停下，坐在路邊，思洋買了幾張煎餅，一邊吃一邊休息。

「黎兒！妳總吃得這麼少，怎麼撐得下去呀？」

事實上，我並不需要吃這些油膩的食物，只需要喝一點生命之泉，就夠了。

近處幾個衣衫襤褸的孩子扭打在一起，兩、三個大孩子騎在一個小孩子身上，捶打他。

「思洋！你看——」

「喂！你們幹什麼？」思洋跳起來，奔上前去把幾個孩子拉起來：「以大欺小啊！你們人多欺負他一個！」

幾個大孩子迅速跑開了，思洋把小男孩扶起來，他的臉上都是塵泥，淌著鼻血，嘴唇也腫了。很害怕的縮著身子，發抖。

「別怕！沒事了，疼不疼？」

小男孩並不理會我，掙開身子跑掉了。

「真可憐，他被嚇壞了，他們為什麼要打他？」

思洋突然站住，變了臉色，他的手放在腰間：

「完了！黎兒！他們偷了我的錢！」

我還沒來得及問，思洋已轉身跑進人群，他在水果攤前抓住那個小男孩。

「把我的錢還給我！你們串通好的對不對？年紀這麼小就不學好——」

市集的人圍攏了，許多人都認得那孩子，說他是賊，應該好好教訓。

「大哥哥！原諒我吧！錢在我哥哥身上。我下次不敢了！求求你……」

「你哥哥在哪裡？你不說我就揍你——」

思洋的拳頭掄起來了，我忍不住上前拉住他的手臂。

「算了！思洋，他已經受傷了，放過他吧！」

「妳有沒有搞錯？我們的錢全被他偷走了耶！我們是富翁啊？算了？怎麼算啊？」

「你的父母呢？」我俯身問。

「爸爸死了，媽媽又生病了。」小男孩恐懼的眼裡充滿淚水。

我看著思洋，他掉過頭去，抓著小孩衣領的手漸漸鬆開了。

「快走吧！大哥哥放你走了，帶媽媽去看病，別再偷錢了。」

小男孩走後，思洋很不快樂，默默無語，我把帶在身上的幾顆珍珠眼淚交給他。

「別擔心。我們賣了珍珠，可以換點錢的。」

「我不應該相信他。」

「誰啊？」

「那個小孩，他是小偷，我怎麼能相信他說的話呢？」

「也許，他說的是真的。」

「也許是假的呢！」

「就當是真的吧。」方若士知道這件事以後說：「人世間真與假原本就很難分辨，但，我們不能為了這個失去了可貴的同情心。」

方若土現在不喝酒了，有時候還背詩或吹口琴給我們聽，我一點也不覺得他老或醜了。

思洋決定天黑以後在夜市賣珍珠，聽說夜市常有些有錢人來閒逛，各式雜耍、魔術、古董都擺起了攤子。我們和賣古董的老闆商量，在他的燈光下賣我的眼淚。

我在攤子間轉來轉去，總覺得有一雙晶亮的眼眸盯著我看，到底是誰呢？我找到那雙銳利的眼睛，是被囚在鐵籠裡的，一隻蒼鷹。

為什麼把牠關在籠裡？

「賣給有錢人解悶啊！」賣鷹的人說，他們看起來令人很不舒服。

「怎麼解悶呢？」

「有錢人把牠拴起來，用劍格鬥，一劍一劍，劈到牠飛不動了。」

我想到牠的血，散落的羽毛，這不公平，這太殘忍。而牠的眼光仍是犀利的，絲毫不肯示弱乞憐。

「你們把牠放了吧！」

「放了牠？我們花了多少時間多少功夫才逮到，妳說放就放？可以！妳買了牠，我們就聽妳的。」

思洋不肯把珍珠拿出來，他說我濫用同情心，這樣下去，我們又要沒錢了。

我又回到鳥籠畔，與那鷹目光相對，如此桀驁不馴的眼神，彷彿不向命運屈服般，我決心救牠，再度向賣鷹的人交涉。他們看上了我的涼鞋上的金絲鞋帶，沒有考慮，我便解下來交給他們。

鷹被放出來了，一飛沖天，盤旋片刻，遠逸在夜空中。

鞋子不能穿了，而我赤足走在地上，因不能適應，幾乎摔倒。思洋扶住我，什麼話也不說，脫下自己的鞋扔給我，我趿上他的大鞋，雖不合適，卻舒服多了。他只得赤著腳走路，我覺得愧疚：

「對不起，你沒鞋穿了。」

「沒關係，小時候最不愛穿鞋了，成天光著腳跑來跑去……」

我們靠得很近，說著話，突然覺得臉上一陣燥熱，兩個人都不好意思，刻意分得遠一些。

在攤子上賣珍珠時，我們都不知說什麼才好，顯得特別安靜。我發現思洋有些不一樣了，他常若有所思的看著我，當我看他時，他的眼光立即瞥向別的地方。

古董攤老闆招呼客人看珍珠，格外殷勤，思洋答應給他三分之一的錢。有位聲勢浩大的貴夫人對我們的珍珠感到興趣，然而卻以輕蔑的神情、挑剔的口吻說：

「這兩個髒兮兮的孩子，怎麼可能有什麼好貨色！說不定是偷的。」

思洋幾乎要發作了，我悄悄按住他的手背。事實上，經過一整天的折騰，我們的確非常狼狽了。

老闆連忙上前說服她，而她愈顯出不屑的神情，眼看這場生意作不成了。忽然，在她身後的車窗被掀起來，露出一張男孩子的臉，蒼白的、好看的一張容顏。

「母親！」那男孩子說：「我要這些珍珠。」

「你要它們做什麼呢？」貴夫人對兒子說話的樣子充滿了耐心。

「我就要死了，我想要什麼都可以，我喜歡，我要。」

那男孩子說著，黑幽幽的眼睛看著我。他如此年輕，為什麼就要死了？他會恐懼嗎？不甘心嗎？所以，他說起話來如此任性。

「好吧！好吧！」貴夫人扔下一只錢袋，取走了珍珠，交給男孩子。

車子啟動了，思洋輕聲說：

「他有病，看他的臉色就知道，活不了多久了。」

那男孩的臉仍在窗上，我看著他，一個美麗的，即將夭折的生命。忍不住抬起手，向他揮了揮，他把珍珠偎在臉畔，我的眼淚，在他的面頰上。像是一種依依不捨的情意，他的明亮的眼，我的明亮的淚，天上明亮的星星。

再見了。可能永遠不能再見。

「早啊！伯伯。」

我在晨光中向旅舍老闆招呼，他正在澆花，看見我，笑著折下一枝粉紅色的茶花給我。

「到哪兒去？」他問。

「買牛奶。」我把空瓶子舉給他看，一面把茶花插在髮際。

早晨的市集與夜晚全然不同，沒有繽紛綺麗的景象，卻有樸實勤勉的氣味。我深深的嗅聞，早晨的空氣，混著新鮮牛奶的暖香。一陣黑暗忽然兜頭罩下，牛奶瓶摔在地上，有人攫住我，拖抱著我跑，我掙扎著卻叫不出聲。像是有繩子捆住我，勒得我不能呼吸，渾身發疼。

我被扔在地上，罩著我的布套子拿開來，我看見兩張邪惡猙獰的臉孔，那是，在市集賣鷹的人。

「小姑娘！」他們布滿橫肉瘤疣的臉湊近：「咱們又碰面啦！」

「你們要做什麼？」

「沒什麼，沒什麼，別緊張呀！只是，想問問妳，妳的珍珠從哪兒來的？」

我不說話，心裡想著，他們怎麼發現的？可能昨夜看見我們賣珍珠，又看見我在聽方若士說話時，落淚成珍珠。

「也許，妳就是傳說中的人魚族！是不是啊？我們要發財了！一百隻老鷹也比不上。是不是啊？」

他們離去，把我留在破舊充滿霉味的屋子裡，我的雙手被捆在背後，雙腳也被綁著，腳底被碎玻璃刺破了，鮮血細細的淌流。我該怎麼辦呢？怎麼才能離開？誰能來幫助我？思洋和方若士找不到我，會不會著急？

他們到底要什麼？要我的珍珠眼淚？還是要把我賣給有錢人「解悶」呢？我真的、真的好害怕呀！

我的腳很疼，玻璃碎片大概還留在皮肉裡，我虛弱的躺在潮濕陰涼的地板上，幻想著自己回到了海鄉，那廣袤的、寧靜的海洋深處。

在乾渴與痛楚中醒來，我悲傷的想，是不是永遠回不去了？好渴、好渴，我今天沒有喝生命之泉。

天彷彿黑了，屋裡更黑。

門被推開了，那兩個賣鷹的人醉醺醺的回來了，點亮了房裡的燈。

「啊哈！」

他們把我拉起來，粗暴的：

「哭幾顆珍珠給我們受用吧！今天手氣不好，明天再翻本！」

「是啊！小姑娘！妳心裡好難過，是不是啊？那就哭啊！妳一哭，大家都高興了。是不是啊？」

我的確覺得很難過，可是我哭不出來。

「哎喲！」他們其中一個嚷叫起來：「妳受傷了！流這麼多血，會死的。妳怕不怕？」

我當然害怕，可是仍然哭不出來。

「再不哭，別怪我們心狠手辣！」

一條鞭子「叭」的一聲，響在半空中。我不敢相信，無冤無仇，他們會這樣對待我。可是，熱辣辣的疼痛已烙上我的肌膚，那是一種被撕裂的感覺，痛得令我咬住下唇，不能呼吸。

「哭啊！」他們的鞭子揮動著，大聲咆哮。

我受不了了。誰，誰來救我？我真的撐不下去了。嘴裡都是血腥的鹹味，我真的要死了。救我！救我！誰來救、救、我？

劇烈的震動如閃電，破門而入，有道長長的身影站在門內，那身影移動迅速，張開翅膀似的披風，撲向正在逞兇的人，我聽見他們嚎叫，然後倒下。一雙似曾相識的冷冽眼睛，注視著我，這是我最後看見的景象。

有段時間，我覺得自己被抱著飛翔，聽見風颳過的呼號聲。

醒來時，我躺在高高的懸崖頂端，一個年輕男人坐在我身邊，他側身看我，說：

「妳醒了。」

一面把生命之泉的琉璃瓶交給我。難怪我覺得舒服多了，他大概餵我喝了泉水。

「謝謝你救我。」

「不必謝！我們算扯平了。」

「我們認識嗎？」

他那孤傲的眼神，好熟悉，那眼瞳中此刻卻有些溫柔。看著我，搖了搖頭：

「我們不算認識。我叫黑翼格。」

「我叫黎兒。」

「黎兒。」緩緩的，他把我的名字念一遍。

他已經替我的傷口敷了草藥，甚至金絲鞋帶也找了回來，涼鞋好端端穿在我的腳上。

「你把他們怎麼樣了？」

「他們得到了應得的報應。」

「你不應該……」

「妳知道他們殺死多少我的族人嗎？」那凌厲的眼神和語氣，使我不敢再說。

黑翼格迎風挺立，披風飄颺，像一襲閃亮的羽衣。他轉身拉起我：

「我得送妳回去了。」

他的強壯的手臂圈住我的腰，站在懸崖邊緣：

「閉上眼睛。」他輕聲說。

我們騰空了，我確定我們在飛，多麼新奇的經驗。我忍不住睜開眼睛，往下看，田地、街道、房舍，市集，都縮小了，模型似的。

「啊！」我歡呼起來：

「黑翼格！我們在飛。」

「你不是人類。黑翼格！」

「妳是人類嗎？黎兒。」

我們在旅舍樓頂降落了，面面相對。我想，我終於知道他是誰了，就像他知道我是誰一樣。然而，我們卻要道別了。他的天，我的海，原本沒有交會的可能，竟然能在人間相遇。

「再見了。」我轉身，向他告別。

他牽住我的衣袖，像還有話要說。我停住，看著他，看著他眼中的留戀不捨。終於，他鬆開手，說：

「多保重。黎兒。」

我點點頭，跑下樓梯，同時，聽見翅膀鼓動飛翔的聲音。他走了。飛鷹黑翼格。

我走過旅舍花園，首先遇見旅舍老闆。

「黎兒！妳回來了？妳沒事！太好了！」

「伯伯！」我有一種重見親人的感受。

衝進來的是思洋，他喘息的，睜大眼睛看著我。他們並沒有離開，他們在等我或找我。

「嗨！思洋！」

「我知道妳會回來的，起碼，妳會把我的鞋子還給我，不會丟在路上。」

「是啊。」我說，心頭暖暖的，鼻頭酸酸的。

他慢慢走過來，一瞬也不瞬的盯著我，走到面前時，忽然把我擁進懷裡。

「哦，妳沒事，還好妳沒事。我快瘋了，怕妳就消失了，不見了。到底發生了什麼事？妳到哪裡去了？」

「沒事了。我不是回來了嗎？」我拍了拍他的背。

他的眼睛濕濕的，牽著我的手，笑著說：

「我們去見伯伯。好嗎？」

我們在海邊沒人的空房子住下，這是我上岸的地方，波濤的氣味，漩渦的聲音，都強烈吸引著我。

方若士整天坐在海岸吹風曬太陽，他愈來愈虛弱，可是卻很快樂。

「我感覺離她好近好近。」他微笑的說。

思洋多半泅在海中，像一尾快樂的魚。看見船的時候特別興奮，和水手熱絡的交談。

「你想跟他們去航海嗎？」

「以前想，現在不想了。現在只想多陪陪媽媽。」他說著轉頭看我：「也想多看看妳。」

他說得小聲，我卻聽得清楚，有一些奇妙的情緒，漸漸在我們之間成形了，歡喜而憂愁，甜蜜又酸楚。而天上的月亮漸漸圓起來了，我剩下的日子不多了。

「妳到底是從哪裡來的？黎兒！」方若士有一次拉住我的手：「妳又神祕又神

奇，連思洋這小子都讓妳收服了，我真希望看看妳。」

我也希望他能看見我，其實，我到岸上來，不就是為了與他相見嗎？月圓的前一夜，我因為焦慮，整夜不能成眠，上岸以來的人和事和情感，緊緊糾纏，我真能割捨一切，返回海鄉嗎？不能割捨又如何？

「黎兒！」思洋在睡夢中呼喊：「不要走！妳不要走……」

我在月光下靜靜注視著他的臉孔、方若士的臉孔，明夜此時，就再也見不到了。想到分離，我的心痛如刀割，也許，根本就不該上岸來的。

最後一天，我不知該對他們說什麼才好，看著在屋邊曬太陽的方若士，在岩石邊烤肉的思洋，看著太陽一吋吋的沉入海底，我感覺到姊姊們拿著我的尾巴在海中等候；我感覺到鱗片的僵硬；感覺到雙腿的軟弱，今夜月圓，我必須回到海裡去。

「思洋。」我終於鼓起勇氣：「我要走了。」

「妳去哪裡？為什麼要走？」他的臉色變了。

「我，我必須要走，但我不想偷偷的走，所以才來向你道別的。」

「我絕不能放妳走，不管妳要去哪裡，我跟妳去。」

「你不能去的。」

「黎兒！妳不能丟下我。妳要讓我像伯伯一樣，找不到心愛的女孩，瞎了眼，一輩子活在痛苦思念裡嗎？」

「你不要這樣說，思洋。」我的心被他的悲哀搗碎了，我的雙眼迷濛，淚水滾落。

思洋突然鬆開手，伸出手掌接住我的淚，不能置信的：

「妳的淚，是珍珠？天哪！這是怎麼回事？」

我該說什麼呢？

「再見了，思洋！好好照顧方若士。」我往海岸洞穴跑，姊姊們掀起層層浪花，等著我跳下去。

「黎兒！」思洋的呼喚混著方若士的吶喊，他們追過來了。

我的耳中充滿風聲濤聲呼喊聲，還有鷹的盤旋與鳴叫。

而我是屬於海的，這是命定的，不容更改。

我跳下去，跳進白色泡沫的浪濤裡。姊姊們為我除下衣衫，替我套上魚尾，我在海中翻滾，浮上海面，看見撲在岩石上的方若士與思洋。

「黎兒！」他們喚。

思洋！我也喚，卻沒有聲音，我失去聲音了，再也不能溝通了。

方若士！

「黎兒！是妳，對不對？我一直想念的，就是妳。妳終於來找我了，可惜我到死都見不到妳！可是，妳真的來找我了。」

「伯伯！是她，她就是傳說的人魚族，你看不見，讓我形容給你聽，她有最溫柔的心腸，最善良的靈魂，最美麗的笑容……」月光把海岸照得宛如白晝，我清晰的看見思洋臉上的淚水，他的聲音哽咽：「她的眼淚是光華的珍珠……」

方若士攬住思洋，緊緊的攬住他。

浪濤翻湧，狂風怒號，是我該回去的時候了。姊姊們挽著我潛入海底，我卻聽見思洋的喊叫：

「黎兒！總有一天，我要去找妳的。」

我閉上眼，感覺到淚珠流離，如一條珍珠項鍊，散落在海中。

靜寂無聲，晶瑩美麗。

南海之外有「鮫人」，水居如魚……其眼泣，則能出珠。

——《搜神記》

〈創作完成於一九九四年〉

十五歲生日

擴音器播放著張雨生的〈我的未來不是夢〉。
為什麼不是夢？要是夢就好了，
我的夢都是彩色的，
而且，從來沒有聯考。

南茜挽著雷根，面帶微笑的出現在白宮的草坪上，她戴一頂絢麗的羽毛帽，陽光照射下，十分婀娜窈窕。

蕾莎與戈巴契夫並肩站立在克里姆林宮的廣場上，穿一襲雪白的貂皮大衣，冰天雪地裡，非常雍容華貴。

可是，不知怎的，這兩個明爭暗鬥的女人，看見了彼此，她們臉上的笑意瞬間死去，換成兇狠毒辣的神情：

「看那個女人，把自己打扮成火雞了！」蕾莎翻著白眼說。

「是嗎？北極熊！」南茜毫不示弱，尖銳的反擊。

（令人驚異的是，她們說的是我聽得懂的國語。）

「約束一下你的老婆吧！」雷根也為妻子幫腔。

「你的老婆才需要教訓呢！也許你已經太老，沒有力氣管老婆了！」戈巴契夫伸出戴手套的拳頭，在雷根的鼻前晃來晃去。

（我以一種期待而又緊張的心情，準備著一場世界大戰的引爆。）

「野蠻人！」雷根的風度完全消失了：「你頭上的疤痕令人噁心。」

「哈哈！」戈巴契夫的笑聲喋喋的響：「老頭兒！你臉上的皺紋笑起來可以夾死螞蟻！」

南茜湊向雷根耳邊，咬牙切齒的：

「給他們一點顏色看吧！」

「讓他們付出代價！」蕾莎青著臉咆哮。

開始了，終於，我苦苦等待許久的第三次世界大戰，就要來臨。所有的一切，都必須停止，包括即將展開的高中聯考。我不必上考場了，戰爭會摧毀一切，包括考場、考卷、榜單、閱卷的電腦……沒有勝敗，沒有得失，所有舊的資料都被註銷，只得重新來過。

可是，戰爭使我想到弟弟，想到可能永遠見不到弟弟和爸爸，我便在一種焦灼而難捨的情緒中醒來。

這個夢境經常出現，尤其在參加聯考之前。不合理的是美國總統明明換成了布希，每次在夢中上場的，卻是雷根夫婦。夢嘛，本來就是很荒謬的，什麼事都可能發生。尤其是我的夢，總是熱鬧繽紛，精采離奇的。

唐振明每回聽我的夢，忍不住的笑，他說：「夢娃娃！妳把作夢的精神放在書本上，那就好了！」

「是啊！」我無精打采的趴在桌子上，很不雅觀的：「那你就可以去跳舞、約會、釣馬子啦！」

「沒錯！」他把模擬考卷攤在我面前：「拜託妳！娃娃！用功一點，算是幫我的忙，好吧？」

我突然同情起他來了，唐振明是個好人，從小我就希望有個哥哥像他這樣，身心健康、品學兼優，一流大學的好學生。這兩年來，卻成了我的家教兼保母，連交女朋友的時間都被霸佔了。他真是個好哥哥，只可惜不懂得我的夢。

我的夢很多，有少數是重複的，有些非常浪漫。浪漫而有情節的，都被我畫在自己的畫冊裡。同學們最愛看我的「水晶宮」系列，男主角「海王子」有《尼羅河女兒》曼菲士的造型，只是頭髮是金黃色的，面部造型不那麼憂鬱，生長在變幻莫測的海底世界，他的性格應該樂觀而開朗。

距離聯考愈近，我的漫畫靈感愈豐富，海王子遇見了童話故事裡的人魚公主，她並沒有變成泡沫，只不過被驅逐了，又喪失了與同類溝通的能力。海王子在礁岩中找到了隱藏的人魚公主，溫柔的向她伸出手，說：

「不要怕！讓我幫助妳。」

人魚公主眨了眨美麗的眼睛，一顆眼淚，化為晶瑩的珍珠，滾下面頰……我的雙眼呵，也微微的濕熱了。

那本畫冊後來落入了導師手裡。午休時間，同學們譁笑喧鬧著，我靜靜趴在桌上，聽著擴音器播放著張雨生的〈我的未來不是夢〉。為什麼不是夢？要是夢就好了，我的夢都是彩色的，而且，從來沒有聯考。

導師為什麼還不來找我訓話？她大概還沒決定如何處置我吧！她太年輕了，心腸又軟，有時候要罵我們，才說兩句，自己就先哭起來，弄得臺上臺下哭成一團。或許，導師也喜歡海王子的故事，她也喜歡看呢！我想著，忍不住就笑了。

同學在門口叫著：

「周蓓心！導師找妳！」

走進辦公室的時候，所有的老師都抬起頭望向我，彷彿我是一個有問題的壞學生。

我突然就變成了一個壞學生。這個念頭使我有逃跑的衝動。

「周蓓心！」導師的聲音很近，卻飄忽而不真實：「這是妳畫的嗎？」

我點頭。

「其實，妳畫得很不錯，滿有想像力的。可是，現在是緊要關頭，聯考只剩下不到一百天了，妳知道嗎？」

我緩慢、沉重的點頭。

「一年級的時候，妳的功課很好啊！二年級也不錯，現在退步得這麼多，模擬考連兩百名都排不上！」

我的頸項僵硬，眼光直直的盯著翻展開的畫冊，海王子牽著人魚公主，優美的穿掠海藻，他們的長髮被水流交纏起來，他的金髮和她的黑髮。

「周蓓心！」導師很慎重的問：

「妳是不是有心事？有沒有我可以幫得上忙的？」

我深吸一口氣，不知道該如何表示。

「我知道妳家……的事！」

原來，導師知道，知道我有一個破碎的家庭，永遠修補不好。爸爸帶著弟弟去了美國，弟弟是爸爸的戰利品，他們相互爭奪了將近半年，這期間，竟沒有人問一句：

「娃娃！妳要跟爸爸還是媽媽？」

晚上，弟弟會爬上我的床，偷偷哭著說：

「姊姊！我好害怕！爸爸媽媽是不是不要我們了？」

弟弟才滿八歲，我比他大六歲，必須安慰他：

「ㄉㄧˇㄉㄧˊ！別哭了，爸爸媽媽都要你！他們都好愛你！」

他們搶著要你。他們不要的是我啊！我的爸爸媽媽都不要我了。

媽媽帶著我去機場送爸爸和弟弟，弟弟背著背包，跟著爸爸走進出境室，他看起來那麼小，那麼可憐，每向前走一步，便對我們揮手。

媽媽哭得很厲害，一定是有極大的痛苦，才會忍不住的顫抖。

我也哭著，捨不得爸爸和弟弟，也捨不得媽媽這樣的痛哭失聲。我靠著媽媽，好想告訴她，不要難過，我愛她，我會陪伴她，我會做個好孩子，不會讓她失望。

飛機起飛以後，媽媽開車回臺北，她說還得趕著開一個會。在高速公路上，我一直努力的把學校裡好笑的事說給媽媽聽，可是，媽媽的臉色仍然那麼壞。

「娃娃！」她說：「安靜一下，拜託！妳已經長大了，應該了解……」

她頓了頓，然後說：

「我想，我永遠失去ㄉㄧˇㄉㄧˊ了！天哪——」

她再度崩潰的哭泣起來。

我縮在旁邊的座位，非常安靜，把臉轉向窗外。

沒有用的，我知道。我對媽媽一點用處也沒有。

要是弟弟在就好了，他總是那麼討人喜歡。我並不嫉妒，我只是非常思念他。

即使在夢中，那種強烈的牽掛也很清晰。

這一次，有關第三次世界大戰的夢，已經是聯考放榜一個月以後了。

我終究落榜了，雖然唐振明努力不懈，堅持到最後一秒鐘。

落榜的結果，唐振明最難過，他向媽媽道歉。媽媽竟然沒說什麼，大概是失望透了，也或者是根本不在意。

「媽媽！」我說：「妳說過暑假要去美國看ㄉㄧˇㄉㄧˊ，我們什麼時候去？」

「還想著玩？」媽媽突然生氣了：「妳要怎麼辦哪？花那麼多錢請了家教，一點用也沒有。不念書啦？國中畢業，怎麼辦？」

「我可以畫漫畫！我們導師說，人家蔡志忠也是初中程度……」

「蔡志忠？」媽媽大聲的，停了幾秒鐘，然後說：

「你們老師說的好容易，反正不是她自己的孩子……」

導師要是聽見這種話，非掉眼淚不可。她總是鼓勵我們，況且，她曾經想幫助我，只是，她幫不上我的忙。

夢見南茜和蕾莎那夜，我獨自度過十五歲的生日。媽媽恰巧去出差，她從南部打電話來，說會盡早趕回來為我慶生。等到晚上八點半，我想，她又有不得已的理由耽擱了。於是，到附近的麥當勞去，買了雞塊、薯條、可樂和紅茶，找了一個四人座位，像去年生日那樣，假想著爸爸、媽媽、弟弟都坐在身邊，笑咪咪的看著我。舉起杯子，我對著空氣說：

娃娃！生日快樂。

醒來的時候，天已經亮了，公雞鐘指著五點二十五分，可以聽見摩托車和汽車的聲音。我翻轉身子，懶洋洋的，想再睡一覺，如果能睡到中午，就省下一餐了。

忽然，我聽見開門的聲音，媽媽回來了。可是，我的生日已經過了，媽媽又放我一次鴿子。

閉上眼睛，我知道，接下來媽媽會進房來看我，我裝作熟睡的樣子，就不必聽她解釋了。清楚聽見時鐘滴答滴答的行走，彷彿過了好一會兒，媽媽仍沒有進房來。

難道……我猛然睜開眼，難道不是媽媽？有人闖進我們家了嗎？我翻身下床，躡手躡腳潛到廳中，赫然見到——媽媽！她的頭髮蓬鬆散亂，半張臉烏青紫腫，手臂和腿上都纏著繃帶，委頓在沙發上。

「媽媽——」我驚惶的。

「娃娃！把妳吵醒了……」媽媽看見我，連忙撐直了身子。她的聲音好微弱。

「媽！妳怎麼會這樣啊？」

「出了……車禍。」

「出車禍啦！」

「別怕！娃娃！昨天晚上本來可以趕回來陪妳過生日的，高速公路下著雨，就發生了連環車禍……還是，沒趕上。」

我張開嘴，沒能說話，眼淚嘩的流了滿臉。差一點，我就會失去媽媽了，可是，我一點也不知道，還抱怨她不在乎我。

媽媽伸出手攬住我，像小時候一樣，不同的是，她身上都是藥水味。

「沒事的！沒事……在醫院裡，我一直急著回家，我想，娃娃一個人在家等我，如果我不能回家了，娃娃怎麼辦？我的小女兒怎麼辦？她只有十五歲啊！」媽媽的話哽住了。

「媽媽！」我大聲的哭，抬頭看著她：「妳痛不痛？」

我真正想問的是：媽媽！妳會不會死？千萬千萬不要！

扶著媽媽上床去休息，用冰毛巾替她敷在受傷的面頰上，媽媽睡著以後，我把毛巾輕輕拿開，靜靜的守在床邊。

我替媽媽打電話去公司請假，她的同事也很緊張：

「車禍？嚴不嚴重？要不要幫忙？」

我謝謝他們的好意，並且答應有需要一定通知他們。

「娃娃！媽媽好辛苦哦！知不知道？」

「知道。我會好好照顧媽媽。」

媽媽仍睡在床上，一動也不動，我突然非常恐懼，伸出手指測她的呼吸，啊！媽媽還在，只是睡熟了。

過了中午，媽媽醒來，我餵她吃了一碗稀飯。

「真不錯！娃娃手藝這麼好。」

「我已經長大了嘛！」

媽媽若有所思的笑了笑：

「有了ㄉㄧˇㄉㄧˊ以後，就覺得妳大了，應該懂事了。一直到那天，去考場看妳，白白的臉、小小的身子，只是……只是一個小孩子……」

我低下頭，把埋藏許久的話說出來：

「媽媽！對不起，我考得那麼壞。」

媽媽拉著我坐在床上，把我的手握在她的掌心：

「這一年來，太混亂了，我甚至不知道怎麼去做一個母親。妳知道，失去ㄉㄧˇㄉㄧˊ讓我很痛苦，可是，我想，如果失去妳，我一樣痛苦……娃娃！我們應該可以把日子過得好一些。是不是？」

是的！是的！媽媽！只要能令妳快樂，我願意做任何事。

我收拾了碗筷，走到房門口，媽媽叫住我說：

「待會兒我睡醒，可不可以讓我看看妳的漫畫？」

我站在門口，詫異的看著媽媽。

「那天在考場，碰見妳們導師，她一直誇獎妳，說妳的畫很有天分，可不可以……給媽媽看看？」

「可以的，媽媽。」

我回到房間，從抽屜裡取出水晶宮畫冊，我最鍾愛的一本，翻開來，一顆不知為什麼而滴落的眼淚，跌散在海王子飛揚的髮絲。

〈創作完成於一九九二年〉

我真的想知道

我不明白為什麼會這樣？我犯錯了嗎？
我不知道哪裡錯了？
如果我沒錯，為什麼我那麼難過？

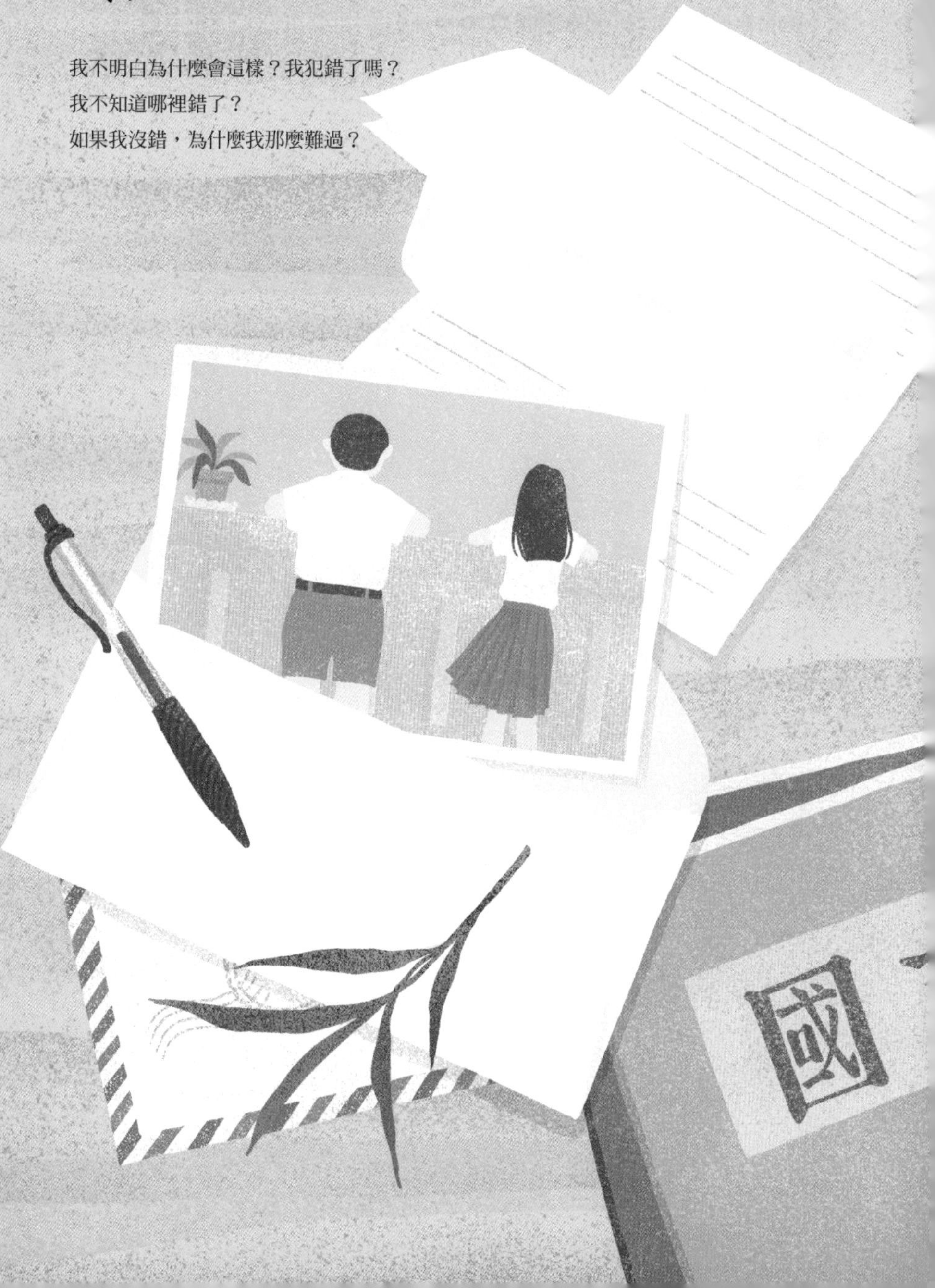

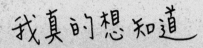

親愛的佩佩：

我收到妳的明信片了，澳洲的風景果然很漂亮。像只大貝殼一樣，建在海邊的就是雪梨歌劇院吧？將來我存夠了錢，妳陪我去那裡聽歌劇表演好嗎？去年我姊跟同學去香港看《歌劇魅影》，踫得二五八萬的，我拜託她幫我帶一個SWATCH的手錶回來，她都不肯，說什麼：「有沒有搞錯？我們又不是血拼採購團，亂沒氣質的。」結果有氣質的她買了一箱子衣服回來，好像擺地攤的，而且妳相信嗎？她連箱子都是新買的。

我在我們常常去的「漫畫王」裡寫信給妳，坐在我們以前的位子，喝著我最喜歡的奶茶，這裡還是一分鐘一塊錢，寫真集分級制，飲料隨你喝到死。陳大哥經過的時候問：「阿敏，妳的死黨佩佩怎麼好久沒來了？」還是陳嫂細心，推他走開：「佩佩出國了。你別惹阿敏傷心。」妳看，陳嫂也看出我有多想念妳。

班上依然是老樣子，因為聯考的日子愈來愈近，大家顯得比較緊張。我們的班導換了去年教國文的楊老師，因為她帶上一屆升學班，創下前所未有的升學率，校長臨時把我們班交給她，做最後衝刺。她懷孕了，可是比以前更瘦，臉繃得更緊。第一天來班上就結結實實的訓了我們一頓，說了兩個半小時，什麼紀律啦、榮譽啦、責任心啦……說到底還不是升學率？那就直接說升學率就好了嘛，說一堆有的沒有的幹嘛。後來，教務主任又跟我們說，我們有多幸運，楊老師願意帶我們班，但我們要努力，否則楊老師壓力這樣大，太不值得了。我覺得我們的壓力才大呢！說到底要去聯考的是我們，熬夜苦讀的也是我們。

還是妳好，永遠不必作聯考的惡夢了。我把妳媽媽陪妳去澳洲念書的事告訴我爸媽，我爸媽倒沒說什麼，長舌的姊姊教訓我一頓：「念書要靠自己，不用功去非洲也沒用！」好像她念個私立大學，一學期四、五萬學費是很了不起的事似的。我看爸媽都不太快樂的樣子，雖然最近不提要離婚的事了，我還是不要麻煩他們的好。

對了。班上來了一個轉學生，是一個叫做呂明星的男生，他就坐我旁邊，長得圓圓胖胖的，臉上好多青春痘，而且摳得紅紅的，平常不太跟同學講話，班上那些討厭男生就喜歡捉弄他，看他臉漲得更紅，覺得很可憐。妳在澳洲有沒有被欺負？

今天就跟妳聊到這裡了，媽叫我早點回家，說有事要跟我們說。妳下次可不可以寫長一點的信來？還有，妳看到袋鼠了嗎？雄袋鼠有沒有袋子呢？如果沒有，為什麼也叫袋鼠呢？再聯絡。祝

快樂

想念的阿敏

親愛的佩佩：

請原諒我這陣子沒有寫信給妳，因為家裡發生了一些事。我爸爸搬出去住了，那天我媽說有事要跟我們說，原來就是這件事。他們還問我們有什麼意見？

「有人關心我們的意見和感受嗎？」姊姊大聲問，我看見她在發抖。我也覺得好難受，連呼吸都有點困難。爸爸委婉的解釋他們的婚姻原就是個錯誤。姊姊哭起來，她喊著：「那我們算什麼？我們算什麼？」我哭了，媽也哭了。爸還是在那天晚上搬走了。我想，姊也是個錯誤，我呢，就是錯上加錯了。

現在一切都過去了，媽把更多注意力放在我身上，嗯，這可不是一件好事情。有一天她忽然問有沒有同學在老師家補習，我們卻傻傻的不知道，結果被老師嫌。我想應該不會吧，都沒聽同學在講。有一次她又問，有沒有男老師故意摸我們的身體？如果有，一定要說出來，千萬不要害怕。我說好像沒有吧。可是卻想到一年級的體育老師老黃，以前我們上體操課，他一定把手放在我們腰上，摸來摸去，說要檢查腰有沒有挺直，這樣到底算不算所謂的「性騷擾」呢？我不知道。

我現在和阿星愈來愈熟了，他跟不上的功課，我幫他複習，他雖然不聰明可是很用功，總說要出人頭地，不能辜負他爸的期望。每一次一熬夜臉上的痘子就泛濫成災，我偷了姊在香港買的治青春痘的藥給他搽，竟然一點效果也沒有，我看，他

的痘子已經是絕症了。阿星是從嘉義搬來的，他媽媽在菜市場有一個賣嘉義米糕的攤子，米糕很好吃，星媽媽很可愛，看見我還鞠躬：「多謝妳給我們阿星照顧。」好像那個「永遠相信遠方，永遠相信夢想」的阿信喲，真好玩。他媽媽還說以後我隨時可以去吃米糕，而且免錢喔，很棒吧。可惜米糕不能郵寄，否則妳也可以嘗一嘗了。

昨天剛考完模擬考，據說班導看過成績以後，會有一場字字血淚的訓斥與期望，我們都做好準備了。關於袋鼠的事，我還在等答案，我真的很想知道。天快亮了，今天就說到這裡吧。祝　心想事成

快累斃的阿敏

親愛的佩佩：

妳還記得我們班上最騷包的亞琦嗎？她近來逼我們叫她「小魔女琦琦」，阿芳問：「為什麼叫妳魔女琦琦？妳又不會飛。」亞琦說她媽媽在日本幫她買到一條像小魔女范曉萱那樣的裙子，所以她是班上獨一無二的小魔女了。今天，她神祕兮兮的叫我看她的眼睛，我嚇得叫了一聲，她的眼珠變成了詭異的綠色，我的寒毛都豎起來了。「很酷吧？」她真是洋洋得意呢，告訴我她戴了綠色的隱形眼鏡。我覺

得演女鬼是足夠了，連妝都不必化。琦琦雖然詭異，小道消息還真不少，絕對可以稱為八卦魔女。她說班導把升學率看得比天還大，完全不注意我們這些青少年的身心均衡發展，是畸形的壓榨，我們應該反抗，不該屈服。反抗什麼呀？我每天最大的力氣都拿來反抗周公的呼喚了。她說去年的班導劉老師很關心我們，叫她隨時把班上發生的事都告訴他。我覺得好奇怪，以前劉老師當班導的時候，我也沒覺得他有多關心我們。我們班能有什麼事呢？不就是那些死相男生，說有女生告密他們在教室裡偷抽菸，竟然在每個女生座位上撒菸灰，害我們裙子都弄髒了。還有那些面無表情死讀書的男生，天塌下來都不管，從來不肯說句公道話，反正男生都很討厭。

有一個大新聞，隔壁班的胡雀喜，妳記得嗎？男生都叫她若瑄的那個漂亮女生，她請假好長一段日子，原來是因為懷孕生小孩。我真的不明白，懷孕這種事不是應該發生在班導或者我阿姨的身上嗎？我們自己都只是小孩子，小孩生小孩。真無法想像。

謝謝妳寫了那麼多話安慰我。爸爸和媽媽的事有一段時間我的確很難過，後來發現他們還是跟以前一樣在乎我，關心我，甚至很擔心我們的心理有沒有受影響。放假的日子，全家人聚在一起吃飯，爸爸還開媽媽的玩笑，氣氛反而比以前輕鬆。

我和姊姊也不必再為他們的事提心吊膽，反正不會更壞了。

我認識阿星以後，覺得應該知足常樂。他昨天沒來上課，今天來學校，一本書也沒帶，從早被罰站到放學。我問他怎麼回事，原來他爸爸是嘉義的組頭，欠了一屁股債，倫偷跑上臺北來的，所以他才轉到我們學校來。他一直說他爸爸不是壞人，也是被人家害的，現在黑道的找到他們家討債，所以他們全家逃出來，匆忙中他的書包都沒拿，可是又不敢回去拿。說的時候他的眼睛都紅了，我說：「阿星！你好可憐。」阿星說：「我阿爸才可憐。」可是我還是覺得阿星比較可憐。阿星說他一定要用功讀書考上高中，可以半工半讀，念到大學畢業。他問我有沒有想過大學要念什麼？我沒想過，但我不會和姊姊一樣去念廣告，我不知道自己要念什麼，我其實想知道，可是想不出來。阿星就知道他要念法律系，說這樣比較不會被欺負，而且又可以賺很多錢，星媽媽就不用去市場賣米糕了。我比較擔心的是如果阿星拿不到他的書，明天還得罰站。

這封信寫得很長吧。周公又在那兒聲聲呼喚我了，下次再聊。祝福。

苦中作樂的阿敏

親愛的佩佩：

妳好嗎？我最近有些不好。

媽媽常叫我別多管閒事，我只是忍不住嘛。阿星連續三天罰站，因為沒有書的緣故，老師問他，他都不說實話，說忘記帶來了。我叫他實話實說算了，他說不願意讓老師和同學知道他爸爸是組頭，所以情願罰站。那天，在樓梯上我碰見劉老師，他很關心的問我們班上都好嗎？又問那個轉學生為什麼一天到晚罰站？我想我真的很雞婆，可是想到琦琦說他很關心我們，又想到阿星的可憐相，我想他是老師應該能幫忙的，所以我就把事情告訴他了，並且拜託他一定不要告訴別人。劉老師答應我，還說我關心同學很可貴，以後有什麼事都要告訴他，他會想辦法的。結果第二天阿星偷偷溜回家把書包和課本都偷出來了，情況解除了，我想應該去告訴劉老師。我在辦公室外聽見好像有人在吵架的聲音，仔細一聽是班導楊老師激動的聲音：「一天到晚到我班上問長問短是什麼居心？我帶得好不好分數會說話。」另一個聲音是劉老師：「分數就是一切嗎？班上有學生出狀況，妳不聞不問。那個轉學生，他爸爸是組頭，他們全家被黑道追殺，妳知道嗎？」我捂住嘴跑開，為什麼？為什麼這樣？他答應我不會告訴任何人的，現在全天下的人大概都知道了。大人怎麼可以說話不算話呢？我那麼相信他。

放學的時候，阿星送我一個打瞌睡的小沙彌，說是從家裡偷出來的，送給我作紀念，謝謝我教他好多東西。我拿著忽然好想哭，他很奇怪的問我怎麼回事，我說：「我根本沒幫你的忙。」他說我替他保守祕密就是最大的忙了。

我這幾天都不快樂，還好又要考模擬考了，暫時什麼事都不用想。我真的好想念妳，妳在的時候，好像沒這麼多煩人的事。姊姊說長大了愈來愈煩，我現在相信她的話了。我有好多事不明白，劉老師到底是怎麼回事？他是好心還是惡意呢？唉，我還是去念書吧，再想頭要裂開了。再聯絡喔。祝　快樂

不太快樂的阿敏

親愛的佩佩：

寫這封信給妳的時候，我仍在發抖。媽媽說我生病了，其實我沒病，我只是太悲傷，哭得太厲害。發生了一件非常可怕的事。

模擬考的時候，數學老師忽然喊一聲：「不准作弊！」我們都嚇了一跳，妳是知道的，作弊比考得不好還嚴重。我考得心神不寧，不知道這個害群之馬是誰？如果被班導知道鐵完蛋。考完以後大家議論紛紛，阿星挺高興的，說這是他考得最好的一次，要請我去吃星媽媽的米糕。我告訴他要出事情了，有人作弊是滔天大罪

呢。他傻傻的問我要怎麼辦，我說反正不干我們的事，看著辦吧。

下午班導青著臉走進教室，語氣嚴厲的指責我們不上進，又說了團體榮譽一類的話，她講到聲淚俱下，說她對我們如何寄予厚望，又如何失望。說著說著，她的話忽然像一支箭射進我心窩，她說一個人出身在什麼家庭並不重要，爸爸做什麼事也不重要，但不該自甘墮落，成為害群之馬，讓人瞧不起。我偷偷轉頭看阿星，他漲紅了臉，冰冷的瞥我一眼，非常的灰心。班導給我們期限，放學以前害群之馬自己出來認錯，要不然我們班算是沒救了。班導剛出去，全班都沸騰了。我對阿星說：「我不是故意的……」他不理我。琦琦把我拉開了，說那個害群之馬，跟他說那麼多廢話幹嘛？我說阿星不是。琦琦說劉老師說以前他帶我們班都沒人作弊，楊老師一帶就出問題，她壓迫我們太厲害，我們才會作弊的，要不然就是轉學生惹的禍。我問劉老師怎麼會知道考數學的事？琦琦說是她告訴劉老師的。我罵她：「笨蛋！妳這個笨蛋，他是在利用我們啦。」「他利用我們幹嘛？」我想不清楚，只覺得他在利用我們。

我跑回教室，阿星不在座位上，阿芳告訴我幾個男生把他帶走了，說要清理門戶。我跑到男生廁所，運動場，實驗室，到處都找不到，後來想到正在改建的「育英樓」。果然聽見男生喊叫，你的小抄藏在哪裡？阿星哭的聲音，一直說，我沒有，不是我，不是我。我衝過去，看見男生在扯阿星的褲子，一邊踢他。我撿起一塊磚頭，大聲叫：「放開他！我會打人的！我真的會——」那幾個男生很惡劣：「把妳老公還給妳，恰北北。」他們離開以後，阿星掙扎著穿褲子，我不敢走過去，遠遠跟他說：「對不起。」他忽然大聲吼叫：「走開啦！妳走開——」眼淚鼻涕在他臉上混成一團，他一吼叫口水也垂下來，好像發瘋的樣子，我心裡害怕，就轉頭跑走了。

到放學時沒有人承認作弊，阿星也沒回來，我想他大概先回家去了。臨走前我把小沙彌放進阿星抽屜裡，他這麼生我的氣，我再沒有資格作他的朋友了。走出學校，我回頭看黃昏裡的「育英樓」，覺得陰森森的。

第二天，我拉開抽屜，發現小沙彌在裡面。是阿星，他原諒了我，他仍把我當成好朋友。可是他沒來上課，我決定今天要幫他澄清，他沒有作弊，他是個好學生，他還打算念法律系，將來作律師，讓他爸媽揚眉吐氣。班導帶著數學老師進來了，數學老師說有點誤會，她只是叫我們不可以作弊，並不是我們班有人作弊。班導笑得很高興，像贏得了勝利。我一點也不高興，事情真奇怪，昨天發生的一切好像都不存在似的。可是阿星沒來上課。

第三節下課的時候，大家找到了阿星，警察也來了，記者也來了，我們全不准出教室，也不准去看，阿星是在「育英樓」下被找到的，他還背著書包，那些書是他冒險從家裡偷出來的。好多同學都哭了，欺負過阿星的男生哭得很厲害，我握住小沙彌，一直抖一直抖。小沙彌睡得好安詳，阿星也永遠的睡去了。

佩佩。我好難過，我不明白為什麼會這樣？我犯錯了嗎？我不知道哪裡錯了？如果我沒錯，為什麼我那麼難過？我三天沒去學校了，只盯著小沙彌掉眼淚，聽見姊姊說那個男生是不是附身到小沙彌身上啦？阿敏像中邪一樣。我希望自己真的生病了，就不用去學校了。

很悲傷的阿敏

親愛的佩佩：

上次寄給妳的信大概還沒收到吧？

我今天回學校了。已經是發生事情的第七天，我走到座位上，看見隔壁阿星的桌上放著一朵菊花。不知道是誰放的？我把小沙彌放在花旁，好像阿星仍然跟我們一起上課的樣子。

妳一直沒告訴我，雄袋鼠有沒有袋子呢？我真的真的想知道。祝妳　平安

永遠的朋友阿敏

〈創作完成於一九九七年〉

思念
從未走遠

說過的話，作過的夢，愛過的人，

都已走遠……

唯有思念鮮明如昨。

天使的咒語

她現在終於明白了，
那些，曾經不明白的事，
天使的咒語，令她孤單許多年，
卻也指引她找到真愛。

祥祥在電腦鍵盤上一個字一個字敲著，指甲滑過的聲音輕脆，像是敲擊著好聽的樂器，把夜晚演奏成和諧的樂曲。

初夏的風穿越整座城市，仍然能夠分辨，是從海上來的，有星子墜落，海豚跳躍過的氣味。她深吸一口氣，遠處公園裡的茉莉已經開了。妳是鼻子太靈敏？還是太有想像力？曾經有人這樣問過，她沒有回答。

這樣的空氣，這樣的風，帶她回到十年前的校園，夜晚的租賃公寓總聽得見音樂系同學練琴的聲音。共租一層公寓的室友常常抱怨這樣的噪音是折磨，祥祥並不這麼想，她踮起腳尖在琴聲裡隨意舞蹈；在琴聲裡給在另一個城市讀書的馮凱寫信：

「有兩個星期沒收到你的來信了，如果你還不出現，我很脆弱的，你也知道，我很難拒絕別人熱情的追求，所以……」

寫到這裡，她忍不住咬著筆桿笑起來，這信一寄到，用不了一、兩天馮凱肯定飛奔而來，她太了解他了。

在補習班的時候，他就是力戰群雄，奮不顧身，才獲得祥祥青睞的。聯考一放榜，他們一北一南，馮凱的臉色難看得一塌糊塗：

「天將亡我！天將亡我！」

他掙扎好久，不肯去註冊，差點鬧家庭革命，馮家找了祥祥談話，叫她勸勸馮凱，祥祥乖乖的點頭答應，很識大體的模樣。一見馮凱就翻了臉，把所有能掀的東西都掀了：

「你故意害我是不是？我被你爸媽當成紅顏禍水！你高興了吧？你滿意了吧？我再也、不、理、你、了——」

「祥祥！祥祥！不要啦，拜託，妳不要生氣——」

馮凱從逆來順受的站立轉變為恐懼，急急抓住祥祥手臂，不讓她走開。

「你放手。」

「妳不要走……」

「放手啊！疼——」祥祥大叫。

馮凱嚇得鬆手。祥祥搥他、踢他、嘴裡一連串的罵著：

「野蠻人！你最野蠻——我痛死了！你這個野蠻人——」

馮凱不閉不躲也不求饒，由著祥祥發洩一頓。祥祥累了，停下來，喘吁吁的瞪著馮凱，意猶未盡：

「都是你，」她滿肚子委屈的抱怨：「害我變成這麼潑辣……」

馮凱第二天便南下註了冊，又馬上搭夜車回來找祥祥：

「我辦好手續了，明天就趕回去上課。」

祥祥對他不理不睬，低著頭翻鑰匙，一陣亂攪，廢然而止。

「忘了帶鑰匙？沒關係，我跳進去幫妳開哦。」

他提起一口氣準備翻進牆去，忽然覺得衣角被牽住了，遲疑的回過頭，看見祥祥漾著柔光的眼眸，心在一瞬間融成晶晶亮亮一大片。

「我把你打疼了吧？」

「不疼。一點也不疼，真的。」

「你騙我。」

「我沒有。我好禁打的，一點也不疼——」

「那，打了等於沒打囉？」祥祥幽幽的抬起睫毛，臉上的表情忽然兇惡起來：

「我再打！反正你不疼——」

她追著打，馮凱抱頭而逃。

她就是了解馮凱，知道他對她一點辦法也沒有。

她在琴聲中寫完信，穿著睡衣，踮著腳尖從房間滑行到廚房，開了冰箱取出一罐酸梅湯，又旋轉著自己的舞步經過客廳。在旋轉中，她彷彿看見一個人影在角落裡，放慢速度，於是她看見，是一個穿白色上衣的，男人。握緊酸梅湯，她站住，面對那個微笑的男人：

「你是誰？」

穿著蕾絲邊白色睡衣，赤著腳，舞動一罐酸梅湯，這是第一次見到阿尉時，祥祥的特殊造型。

阿尉是祥祥室友的表哥，他說：

「我以為妳是一個舞蹈家。」

祥祥每次一想到就覺得好糗。在校園裡遇見，阿尉總笑笑的望著她，她忽然覺得舉步維艱起來，腿腳僵硬得不像自己的，索性站住了，倚在走廊邊。

「祥祥。在做什麼？」阿尉和她一樣的姿勢，靠著走廊欄杆。

「看海。」

「這裡看得到海嗎？」

「這裡有海上吹來的風。」祥祥歪著頭，很挑剔的看著阿尉：「一定要看見海了，才知道海在哪裡嗎？」

後來，阿尉每次見到她就問：

「祥祥，看見什麼了？」

「流星。」大白天她這麼說。

「飛魚。」坐在教室裡她這麼說。

「祥祥，告訴我，妳看見什麼了？」

阿尉專注的看著祥祥的眼睛，祥祥眨了眨眼，好像被強光刺激到了，很不舒服的樣子。她沒有回答。

「妳一定看得見的，告訴我，妳看見什麼？」

祥祥蹙了蹙眉，下定決心的說：

「馮凱。我看見馮凱。」

「還有呢？」阿尉不肯放棄。

「馮凱。」祥祥堅定的：「就是馮凱。」

阿尉嘆息的：

「除了馮凱，妳真的看不見別人了？」

祥祥抿緊嘴唇，顯得倔強。

阿尉深吸一口氣：

「妳應該看見一個守護妳的天使，妳應該看見……」

大三那年，馮凱北上的次數愈來愈少，他在學校參加的活動很多，有消息傳來，說馮凱和校花走得很近，迎新舞會上是他們倆開的舞。祥祥忽然吃壞了東西，半夜裡胃絞痛，她掙扎著叫醒室友，室友叫來了阿尉。阿尉看見她慘白的臉色，蜷縮成一團的痛楚，眼眶紅起來：

「我們去醫院，來，我們去醫院……」

祥祥勉強在攙扶下邁幾步，一次狂暴的痛席捲割裂她的身軀，她俯倒，地板伸展手臂要擁抱她，無助絕望的呻吟，止不住的嘔吐，她想，這很接近死亡了，就要死了，要死了……她看見一張發亮的天使的臉孔靠近，彷彿還有搧動的羽翼，眉目眼神很像阿尉。是了，他說過要成為她的守護天使的。

出院以後，她變得有些厭食，食量跟麻雀差不多，而且憂鬱。馮凱聽說了傳言，又聽說她病了，要北上看她，她說要準備報告沒時間見面，於是連電話也不接了。馮凱忙著系學會的選舉，實在不可能立即抽身北上，祥祥漸漸不上課，很迅速的消瘦了。

「祥祥，陪我吃點東西好嗎？」

阿尉一定能找到她，不管她躲在哪裡。

「我吃不下。」

「妳一天都沒吃東西了。」

「我吃了。」

「妳今天吃過什麼？」

「天使不管人家吃什麼的。」

「那，天使管什麼？」

「阿尉。帶我去海邊好不好？」

他們趕到海邊去看落日。

阿尉問：

「妳不快樂，是不是？」

「好像是。我現在要靠海這麼近，才能看見海耶。」

「是因為馮凱？」

「阿尉。」祥祥轉頭看他：「我覺得很抱歉，你每次看到我都是不太好的狀態，不是奇形怪狀，就是半死不活……」

「可能是我們不常見面的緣故。如果我們更常見面，妳想，會不會好一些？」

祥祥不說話，縮起身子。

「怎麼了？」

「胃痛。」

「我們再回醫院檢查一次，好不好？」

祥祥搖頭，過了一會兒，她笑起來：

「有天使看著我，我不會有事的。」

秋天的海岸有些涼，阿尉的外套一直穿在祥祥身上，他載她回去，在公寓門口，看見馮凱背著背包坐在那兒。阿尉身後的祥祥明顯的震動了，但，她仍坐著，並不打算下車，好像阿尉調轉車頭離開，她也不會有異議的樣子。這念頭確實在阿尉心頭萌生，十分強烈，他用力握住車把，深吸一口氣，側頭對祥祥說：

「去吧。」

祥祥離開摩托車後座，緩緩走向馮凱，挺直脊背，很優雅的，仍穿著阿尉的外套，阿尉不想停留，加速遁逃於夜色之中。

接著，天蠍座的祥祥過二十一歲生日，由馮凱主辦生日party，也邀了阿尉參加。

「我得想想，有什麼特別的禮物送給妳。」阿尉說。

「你來就好，我介紹馮凱給你認識，他說你是我的救命恩人，他要叩謝你的大恩呢。」

那一天，阿尉沒有來。祥祥覺得也好，讓他做守護天使太辛苦，也太不公平了。第二天，阿尉在教室外面等她：

「昨天的party很棒吧，抱歉我沒趕上。」他把手掌打開，一張火車票躺在掌心：

「送給妳。生日快樂。」

「謝謝。」祥祥接過來，車票上寫著站名：

永康站

至

保安站

看她端詳著車票，阿尉問：

「祥祥，妳看見了什麼？」

我看見你寧願大老遠去搭火車，也不願意陪我過生日——祥祥覺著一種惆悵的失落，但，這是應該的，她對自己說，阿尉是個好人，他若決定放手，我應該高興，於是她笑起來：

「我看見火車，我明白你的意思，謝謝你。」

「妳明白就好了。」阿尉的笑容裡有欣慰的神情。

一切到此為止了。祥祥將車票放進收藏紀念品的盒子裡，用一種告別的心情。

然而，大三剛結束，馮凱就確定要結婚了，一個學妹懷了他的孩子。

「你怎麼能結婚呢？你自己都只是一個小孩。」

祥祥教訓的口吻，聽起來完全不像情人，倒像師長或者家長，她把自己的情緒抽離得好遠好遠才不會太痛楚。她東拉西扯說了一大堆不該結婚的理由，可是，馮凱似乎並不接受。

「反正，你就一定要這麼做了，對不對？」她氣得發抖。

馮凱忽然像小孩子一樣大哭起來，抓住祥祥的手：

「我對不起妳！對不起——妳打我！妳踢我好不好？祥祥！妳打我啊——」

「你放手。」

「求求妳！妳打我吧！」

「放手啊！疼——」從肺腑發出的尖銳喊叫。

祥祥雙臂環抱住自己的身體，不肯碰觸馮凱，一點也不肯。

她覺得是因為阿尉離開，並且入伍當兵去了，再沒有天使看守，才會發生這些事。那麼，她絕望的想，噩運是不是會接踵而來？

她也知道馮凱的離開，終結了她在情愛中的任性和蠻橫。她是任性的，因為覺得自己愛得那麼誠摯，撒嬌或者撒賴都是可以被允許的。

原來不是這樣的。

阿尉努力要和她取得聯絡，她用僅剩的任性抵禦他。

反正都是一樣的，所有的愛情都是不穩靠的，阿尉把火車票交給她的那一刻，就已經夠清楚了，還有什麼可說的。

祥祥變成一個普通的女人，把那些特殊的質素都深深埋藏起來，在看得到而且看得很清楚的世界裡過生活。她在一家電腦公司擔任公關部門的工作，每天要接很多電話，與很多人熱絡交談，其他時候，她幾乎都是沉默的。初夏的午後，她喜歡推開窗，在窗邊站一會兒，沒人知道她在想什麼。

公司有一場開發新軟體的發表會，她企劃活動，監督聯繫事宜，忙得團團轉，在應付媒體訪問的時候，覺得角落裡有一個人影，已經佇立許久，她偷空轉過頭去尋找，一個穿著白色上衣的男人，對她微笑，是阿尉。

她楞了片刻，直直朝阿尉走去，盯著他的臉看：

「真的是你！」

「如假包換。」

兩個人都笑起來。祥祥才知道阿尉是他們公司極力爭取的客戶：

「天啊！我得對你阿諛奉承才行了。」

「我等了好久，終於有機會了。」

「但我準備離職了。」她故意說。

「真的？怎麼沒聽說？」

「你打聽我？」祥祥忽然變得蠻橫：

「太過分了。」

「妳看起來真的很好。現在身體好嗎？」

「強壯如牛。」

「好極了。」阿尉笑著。

祥祥現在知道當年為什麼喜歡看見阿尉，因為他有很真誠好看的笑容。

「可見，當年的咒語果然有效。」

「什麼咒語？」

「那張車票啊，那張火車票。」

「喔……是呀。」祥祥笑得迷迷糊糊。

又是那張火車票，究竟是怎麼回事，那張票是一個咒語嗎？有什麼玄機是她一直沒有看見的嗎？

同部門的小青來找祥祥，看他們聊天，顯得很興奮：

「啊！尉經理跟祥姐真的認識呀？怪不得尉經理總打聽祥姐呢。」

發表會結束時，阿尉找到祥祥：

「希望妳別介意，我只是想知道妳過得好不好？」

「我知道……」祥祥頓了頓：「守護天使嘛。」

「是啊。」

阿尉還沒進電梯，小青擠到祥祥身邊，一面應酬的笑著，一面咬耳朵：

「他是今天出現的，最有價值的單身漢。」

祥祥飛回南部老家，翻箱倒櫃，把大學時代收藏保留的東西找出來，一張火車票，那樣一張小紙片，很容易遺失吧，很可能不見了吧，恐怕找不到了……火車票落在眼前的時候，她還有些遲疑。

就是它了。

祥祥仔細看著上面每一個字，八年前的十一月十五日，她的二十一歲生日，永康站至保安站，她忽然看見一種新的排列組合的方式，她無聲的俯倒，像急病的那一夜，像看見守護天使的一剎那——

「永保安康」，是生日的祝福咒語。

原來有著這樣執著的深情，她卻一直沒有看見。因為阿尉相信她能看見，結果，她被自己蒙蔽這樣久。

她現在終於明白了，那些，曾經不明白的事。

天使的咒語，令她孤單許多年，卻也指引她找到真愛。

阿尉並沒有邀約她，甚至也不聯絡，但祥祥始終沉浸在一種奇妙的喜悅感覺中，連敲打電腦鍵盤，也像演奏樂器的心情。阿尉曾經以為她是舞蹈家呢，想起過去的事便忍不住想笑。

祥祥覺得過去的自己一點一點回來了，她又可以看見、聽見或者感覺一些別人無法感覺到的事。比方說，從海上吹來的風，有潮濕的氣味，雖然海在看不見的遠方。

聽說阿尉他們下了單子，公司在墾丁舉行慶功宴。祥祥和同事游過泳，喝過下午茶，又吃了豐盛的晚餐，聽阿尉的同事說他去了新加坡，沒法來參加。祥祥並不覺得惆悵或失落，她覺得這樣的重逢已經帶給她一些很珍貴的力量了，像是重新認知了一些事。

晚餐後是舞會，熱烈而瘋狂，祥祥不想跳舞，一個人溜到陽臺上，坐進藤椅，把腳抬高，交叉著放在欄杆上，看著遠遠近近闃暗的森林，她確定知道，穿過森林有一片海。

「祥祥，在看什麼？」

她聽見這個聲音的時候就笑了。

「看天使啊。」她回答，並不轉頭。

阿尉搬了椅子在她身邊坐下，看著她的眼神裡，又有令她難以承受的光炬了。

「我聽說你去新加坡了。」

「我趕回來了。」

「我要告訴你一件事，其實我好笨，那張火車票，那個咒語，你知道，我竟然花了八年的時間才看明白。」

「我真的有點意外。」

「要怪你啊。」祥祥兇惡起來：

「誰能相信天使會下咒語的？」

「幸福的咒語，天使也得準備一些，以備不時之需。」

「你準備了很多嗎？」

「那得看妳的需要量大不大？」

祥祥收回腳，咯咯笑出聲音。阿尉忍不住伸出手去觸摸，他一直很想撫觸的，祥祥細軟的髮絲，祥祥一動也不動，任他的手輕輕滑過她的肩膀和手臂，來到她的手腕。

「我可以請妳跳一支舞嗎？」

「在這兒？」

「就在這兒。」

祥祥站起來的時候，阿尉說：

「第一次看見妳的時候，就想和妳跳舞了。」

祥祥沒有說話，只是緩緩的貼近他，他們在無伴奏的星光下共舞。

祥祥聽見一大群飛魚躍出海面的聲音。

〈創作完成於一九九七年〉

再見，啟德再見

每次到機場去接客人的時候，她一定親自出馬，
在接機處等候。看著旅客從陡坡推著行李車下來，
她的眼光熱切搜索，也許有一天，
她會在機場忽然與啟德重逢。

春溪穿過灣仔天橋上川流不息的人潮，走進辦公大樓，她的臉頰緋紅，汗水把絲質上衣貼在皮膚上，等電梯的時候，過強的冷氣使她打了個哆嗦，雞皮疙瘩迅速從手臂上站立起來。她有預感，肯定要有一次規模不大不小的感冒了。她最怕香港的溽夏；最怕忽熱忽冷的試煉；最怕工作繁重而又睡眠不足，這些全都一起來了，令人招架不住。

然而，一九九八年的七月，景氣低迷不振的香港人仍沉浸在一股歡慶的氣氛中，因為回歸一週年的慶祝活動漸次展開，因為新機場即將開放啟用，舊機場就要關閉了。春溪瞄到身旁一個等電梯的女人手中的週刊封面，紅色的字體，醒目的印著：

「告別啟德！告別舊時光。」

她忽然感到胸口緊了緊，忙調開眼光。

走進辦公室的時候，她覺得自己可能又感冒了。

「Catherine！」同事Mary追著她用廣東話說：「Joseph剛剛打電話來，他說妳的手提電話不知道為什麼沒人接？」

「啊。我忘記帶了，在家裡。」她和同事都說廣東話的。

「他叫妳打電話給他。或者，一會兒他再打給妳啦。」

春溪進了自己的辦公室，隔著一片玻璃，可以看見Joseph的空著的辦公室。她開門進入，嗅到薑花的氣味，供養在瓶中的雪白薑花像展翅的粉蝶，全部綻放開來，明天以後，就會漸漸枯黃凋萎了。

春溪的手按在了電話上，躊躇片刻，卻還是放棄了。

一向都是Joseph找她的，他會找到她。

況且，這次Joseph回英國，是有使命在身的，他要說服父親繼續香港的公司，雖然這一年來，公司已經賠了不少錢，而且未來一、兩年也沒有什麼復甦的可能。

「可是，這是我們的夢想。是不是？如果，父親不答應，我就要回到亞馬遜叢林裡去。Cathy！妳跟我一起去嗎？」

「亞馬遜？你知道不可能。」

「那麼，Cathy！妳去哪裡？回臺灣嗎？我跟妳一起去，好不好？」春溪不說話。Joseph捉住她的雙手，溫柔的晃動著，施行他所謂的催眠：

「好的，好的，Cathy說，好的，Cathy說，好的……」

春溪忍不住笑起來。

Joseph是她的英國老闆Lawrence的兒子，比較貼近事實的說法，應該是私生子。是Lawrence與一位印度女子的婚外情的混血兒，所以，Joseph有著深邃的眼睛，黑髮，線條分明的五官，又有著西方男人的天真與熱情。

Lawrence把這個不羈的兒子從南美洲叢林裡召回，由他挑選自己想居住的城市，Joseph挑選了香港，成為公司的管理人，春溪的上司。

一段很長的時間，春溪都把他當成咬著金湯匙出生的紈袴子弟，對他沒啥敬意，只是保持著一份客氣。

「為什麼選擇香港呢？」春溪問。

「香港很有叢林的感覺啊。建築物的叢林，金錢與人性廝殺的叢林。」Joseph對於香港有自己的看法。

第一次見到春溪，他不喚她Catherine，而是親暱的叫Cathy。

「Hi！Cathy！和妳一起工作很棒。」

春溪的想法是，老闆愛叫妳貓貓狗狗都無所謂，只要他按時付錢就行了。她是這樣對前任老闆Helen說的。

Helen聽了大笑：

「我認識妳十年，妳總算開了竅！」

她進Helen公司時，只是十八歲工讀生，Helen總是教訓她：

「妳就是吃虧在太死心眼，工作要認真，別的事千萬別認真，特別是感情的事。」

她一直學不會這一點，她很羨慕Helen，Helen的羅曼史從來沒有中斷，而且，收放自如，雖然也有挫傷的時候，但，夜以繼日的工作一、兩個禮拜，就又脫胎換骨了。春溪覺得自己一輩子也不可能像她。

和Joseph漸漸熟一點，發現他不是想像中的無所事事或者輕浮，事實上，他工作認真用心，又充滿樂觀的態度。春溪願意把他當成一個值得信賴的工作夥伴。

Joseph常約了她進行兩人的「午餐會報」或者「Pub會報」，有一夜，在蘭桂坊喝了一點酒，Joseph忽然說：

「原本，我以為妳是我父親的情人，原來不是的。」

Lawrence確實曾有一個情人，那個情人是Helen，他們合作在香港成立公司。後來，Helen認識了臺灣珠寶業小開要結婚，便把股份賣給了Lawrence，並且推薦了當時很想離開臺灣的春溪，到香港來工作。

春溪一直覺得Lawrence很了不起，風度絕佳，他和Helen三、四年的感情，也是投入了真心的，春溪看過他對Helen的寵愛疼惜與體貼。然而，當Helen移情別戀，結婚生子，他並沒有撕破臉惡言相向，反而很理性溫暖的處理了他們共同的投資，以高價收買了Helen亟欲脫手的公司股份。

「Lawrence是個很有格調的男人，他把愛情當成藝術欣賞，美感是最重要的，他有能力讓每一個分手的女人都想再和他戀愛。」Helen挺著大肚子說起Lawrence，她的眼中亮著閃燦迷醉的光彩。

愛情是一種藝術嗎？藝術會令人飛升而起？也會令人沉墮到地獄嗎？藝術會把人切割得遍體鱗傷嗎？

春溪想到自己，為什麼她的愛情不能成為藝術？是因為沒有那樣的鑑賞能力？還是沒有那樣的好運氣？

「發現妳不是我父親的情人，真是我的好運氣！」

「這和運氣有什麼關係？我原本就不是喜歡打小報告的人。」

「Cathy！妳有情人嗎？」Joseph問。

妳有情人嗎？

春溪並沒有回答Joseph的問題。

春溪不願意去想關於情人這一類的問題，她總是告訴自己，不想就會忘記了。但是，啟德機場就要關閉了。

五年前，她和Helen來香港會展中心參加禮品展，在攤位上，遇見穿著休閒服的章啟德。

他是這一行的翹楚，傳說中的人物，連Helen看見他都顯得興奮。他的意態很從容，眼光則爍厲有神，與她們攀談的時候，Helen問春溪：

「妳一定聽過章先生的大名了。」

春溪些微緊張：

「我覺得章先生的名字很熟悉。」

「那是一定的了。」章啟德含笑的：「妳們進出香港都得經過我啊。」

Helen大笑起來，春溪不知道什麼事這樣好笑，過了一陣子才想到，原來，他的名字和啟德機場一樣。

回臺灣以後，春溪照例跑工廠，一回，在花蓮的工廠遇見了章啟德。工廠對啟德的迎接宛如帝王蒞臨，將春溪冷落一旁，啟德看見了春溪，並且堅持春溪驗完貨，一切滿意之後，他才談訂單的事。一下子，工廠裡所有的眼光全聚集到了春溪身上，令她非常不自在。但，她一直揣測，章啟德這樣做，大概是為了Helen的緣故。Helen是這一行裡有名的美麗女人，具備做生意的天賦，多年來春溪眼見多少男人在她身邊獻殷勤，她已經見怪不怪了。

驗完貨，她在工廠門口招計程車，準備搭飛機回臺北，啟德的賓士車緩緩在她身邊停下來。

「我怕走蘇花公路的時候睡著了，妳願不願意陪我一程？」啟德邀請她。
「這麼快就談完了？」春溪對於這樣的效率覺得可疑。
「這些事讓公司的人去談就成了，我只想透透氣，吹吹海風。」
原來如此。
春溪陪他走了一段秋日明麗的濱海公路；陪他吹了亞熱帶清涼宜人的海風。陪他談了一場純粹浪漫的戀愛。
她一直在一種受寵若驚的情緒裡，沒想到他看見的不是Helen，竟是自己。
啟德喜歡珍愛的捧著她年輕的臉蛋，輕輕的，呵氣一般的親吻。他慫恿她向Helen請假，帶著她去香港旅行。以往，她去香港都是為了工作，整天杵在會展中心，哪裡也不能去。啟德帶她去尖沙咀的彌敦道，看有名的重慶大廈。告訴她多年前他來香港出差，就住在這龍蛇雜處的廉價賓館裡。春溪想進去參觀，啟德說：
「這裡不適合我的小公主。」
春溪堅持要去看，去追索年輕時的啟德的身影。結果，大廈裡撲面而來的印度與巴基斯坦人的濃重氣味，令她屏息欲嘔。她終究未能趕上，啟德的青年時代。
啟德帶她去中環搭乘登山的戶外手扶梯，兩旁是陳舊卻極具風味的「唐樓」建築。

「我喜歡這裡的房子，以後在這裡開一家店好了。」春溪興奮的。

「好呀，等我退休了，就來幫妳打工。」啟德說。

春溪震懾了。啟德從未提過以後的事，更沒提過他和她可能有怎樣的以後。她被感動了，即使這一天永遠不會到來，她仍想多聽一些：

「那麼，我們開什麼店好呢？」

啟德牽住她的手，把她的身子貼近他：

「都好。我相信這裡以後一定很有發展。」

後來，春溪帶Joseph來這裡，果然，兩旁林立著許多特色商店，成了一個新潮地帶，被稱為香港的「蘇活區」。

春溪知道啟德的預言是準確的，所以，他從不預言他們的未來。

對於他們的未來，Helen的預言卻是極精準的，她一向不看好這段婚外情，因為啟德從未有過出軌紀錄。

「章啟德從沒有不良紀錄，妳知道這代表什麼嗎？這代表他們夫妻感情很好，代表他不會離婚，代表你們沒有可能！妳明不明白？」

她不願意和Helen爭辯，這是她自己的愛情，她相信這愛情是怎樣的，這愛情就是怎樣的。

況且，沒有人知道，從香港離開的時候，她已經是一個不一樣的女人了。

她在徹夜燃燒的香港燈海中，把自己交給啟德。

事後，在啟德的環抱中，她的淚不斷滑落下來。啟德輕輕吻去她的淚，然而，他自己也忍不住落淚。

「是我不好，我明知道自己什麼也不能給妳……我真想不到，我從來沒有過婚外情，可是，遇到妳，一切都失控了，我就是情不自禁……」

因為她是他唯一的婚外情人，所以，她相信他所謂的「情不自禁」，她相信他不是一個輕忽感情的人，她相信他捨不下妻子，也不會捨下她。

她並不貪心，這樣也就夠了。

他們回臺北後，每個禮拜總要約會兩次，啟德不肯去她租賃的套房找她，怕管理員會用有色眼光看她，令她難堪。他們便往郊區的賓館去，有時在山裡，有時在海邊。

啟德從不在外過夜，不管多晚，他一定要回家去。春溪有一次在溫泉旅館擁著啟德小寐，她忽然從夢中哭著醒來。

「乖！春溪不怕，作惡夢了。乖，夢見什麼了？」

「我，我夢見你不在我身邊……」春溪在半醒半夢之間哽咽。

當她全然清醒，他們靜靜相擁，異常沉默。

因為，這並不是惡夢；這是春溪所擁有的真實的生活，啟德總不在她身邊，總是不在。

「我虧欠妳好多。」啟德憐惜的說。

「我只要像現在這樣就好了，我不貪心的。」

她以為自己只要不貪不求，就可以一直擁有。然而，還是出了事。

他的女兒要大學聯考，說好了他送女兒去考場。前一天，他和春溪流連在臺中，入了夜，春溪仍不想回去。

她不明白是否自己心中存著一股微妙的妒意，她看過啟德和女兒親密的合照，女兒攀著啟德的頸子，十八歲了，還坐在父親膝頭。啟德自己也說，生了女兒以後，事業扶搖直上，所以，對愛撒嬌的女兒，的確多一點縱寵偏愛。

啟德一心記掛著回臺北，卻也無法抗拒春溪的期盼眼神，他們租了汽車賓館同宿，決定第二天清晨再趕回臺北去。那一夜的熾烈像一種宣告的儀式，他們不想停止，也不能停止，直到黎明，相擁睡去。

從深沉的疲憊中甦醒，已是早上九點多了。

啟德急著打電話找妻子，電話一直沒能打通。春溪沐浴過後，坐在窗臺上，看著陽光照射下，庭園裡結實纍纍的芒果樹，覺得很興味，想著等會兒叫啟德一起看。

啟德的手機響起來，說是他的妻女出了車禍，正在醫院急救。

春溪覺得整個宇宙驀然漆黑，一片死寂。

她確實想獨佔啟德一下下，可是，她沒想到要付出這樣慘痛的代價，她付不起。她真的，真的付不起。

啟德的女兒死了，妻子撞傷了腦部，手術之後搶了一條命回來，但是，受損的部分使她變得緩慢和遲鈍。

一個圓滿的家庭，就這樣零落毀壞了。

春溪無法工作，活像一具行屍走肉，想盡一切辦法要見啟德一面，她等，她求，啟德不見她，一點消息也不給她。

Helen找她談了幾次話，她只是盯著地板，沒啥反應。

「這件事不是妳的錯，好不好？妳不要這樣，好不好？」Helen差不多到了語無倫次的地步。

「我要請假。」春溪忽然站起來，往外走：

「我要請假。」

她把自己關在小套房裡，啟德的大哥大電話總是不通。她想過去他的公司找，但，殘存的一點理智告訴她，啟德不想令她為難，甚至不肯來這裡找她，她不能不為他想。

她一定要為他想，可是，她真的好想好想見他。就算要一起走進煉獄的火裡，她也願意。但，他不見她，那火已熊熊燒上她的身，令她渾身粉碎一般的灼痛。

她在痛楚中不能吃，不能喝，陷入昏迷。直到Helen衝進套房，把絕食脫水的她送醫急救。

她在昏迷之中，彷彿聽見Helen在電話裡吼叫：

「你這樣算什麼？你以為你負責任了嗎？你會害死她！她有什麼三長兩短，我絕對不會放過你！你來！你馬上給我來把話說清楚！」

春溪醒來的時候，看見啟德坐在她的床邊，低垂著頸子，鬆垮著肩膀，他的頭髮幾乎全白了。彷彿，他是用盡了最後一點氣力，才能把自己的魂魄與肉體拼湊起來的。

春溪伸手觸碰到他的髮端，啟德受驚似的抬頭，看見他的衰弱、憔悴，與驚懼的眼神的時候，春溪知道，假若說了一句不妥當的話，就會殺死他了，殺死這個被罪惡感與內疚凌遲的男人了。

「謝謝你來看我，我只是想見你一面，就好了。」春溪說。

「對不起……」

「不要說……是我，是我不好，都是我的錯。」

啟德像被雷電劈打，渾身戰慄，他深深吸一口氣，抬頭看住春溪的眼睛。

「這絕不是妳的錯。妳沒有做錯事！」啟德說：「妳要忘了這一切，好好過生活。」

他是不可能忘記的，所以祈求她能忘記；他再不能好好過生活，所以盼望她能好好走下去。

這是他唯一的救贖了，救贖他不至於毀滅。

她懂得，她明白。

「你放心，我會的。」春溪慎重的承諾。

一個月以後，她飛來了香港，展開新的生活。

春溪並沒有回答Joseph，是否有情人這樣的問題。Joseph已開始追求的攻勢，他比中國人還要關心回歸後的香港，關心香港新機場的落成。

青馬大橋通車約三天以後，Joseph便租了一輛敞篷車帶春溪去飆車了，對於一切新鮮的事物與變動，他都興味盎然。

他的租屋在灣仔街市的入口處，每天在譁然的叫賣聲中醒來，他說，市場是一個美麗的所在，充滿活力，接近天堂。

他從街市買來薑花，插在辦公室裡。

「妳喜歡這種花嗎？」

他問春溪。

春溪無可無不可。

「或者，妳喜歡玫瑰嗎？可是，妳不像喜歡玫瑰的女人。」他總是不住的揣測著春溪，想像著春溪。

新的一季來臨，春溪希望可以設計更多更新的禮品，她看過Joseph推薦的一位設計師的圖樣，覺得很不錯，可是，工廠表示式樣太複雜，開模的價錢可能很高，要求改得簡單一些。

「設計師堅持他的品味，我們要求工廠吧。」Joseph說。

「我相信好的商品都是妥協之後的產物，讓我說服他。」春溪堅持。

「據我所知，這個人很難應付……」

「讓我試一試，如果你覺得尷尬，你可以不出席，幫我們約見面就可以了。」

Joseph約了半島酒店樓頂的酒吧，非常新潮的地方，從踏進電梯的一刻，就充滿驚喜。特殊的室內裝潢與設計，令人目不暇給。香港真的很不一樣了，通往二十一世紀的青馬大橋，新機場，二十一世紀的酒吧。一切都是新的，如此迅速，時時在轉變之中。春溪忽然想起，啟德曾帶她來半島，吃傳統的英式下午茶。只記得侍者優雅的斟茶的手勢，記得陽光從窗外柔和的透進來，輕輕灑在她的水藍色洋裝上，其他的竟然都想不起來了，記憶，原來是這麼不可靠的東西。

看見Joseph在座位上等待的時候，春溪的心沉了沉：

「他不肯來？」

「先點東西吃吧。」Joseph把菜單遞給她。

接過菜單時，她多看了Joseph一眼，他看起來與往日有些不同。一直以來，他都是嘻嘻笑的，雖然他是老闆，每件事決定前還是要問過春溪的意見，並且稱春溪為「老闆的老闆」。

「發生什麼事了？他為什麼不肯來？」

「他已經來了。」

「什麼？在哪裡？」春溪四下張望。

Joseph從身邊取出一疊文件夾，打開來，裡面全是草圖和半成品，還有已經完成的彩圖，這些都是春溪反覆看過許多次，非常熟悉的。

春溪怔怔的看著，她仍不能相信：

「你就是……天啊！我不知道，竟然是，你！」

「是的。是我。妳覺得很意外嗎？」

「我沒有想到你會設計，會繪圖。我以為……」

「妳一直以為我是遊手好閒的花花公子，妳從不關心我在亞馬遜叢林裡做什麼？」

「好吧。你以前做什麼呢？」

Joseph告訴她，自己是受邀於一個學術基金會，去考察當地土著的陶製品與圖騰。他很喜歡這個工作，直到工作夥伴被毒蛇咬傷致死。

「我就在他身邊，可是我不知道應該怎麼辦？我眼睜睜看著他死去了。」

Joseph的聲音喑啞。

「嘿！」春溪把手覆蓋在他的手背上：「這不是你的錯！這是意外……誰也不能控制的。」

當她說這些話的時候，一種似曾相識的感覺四面聚攏，將她包圍。

她像置身在一個幽谷中，孤絕的被囚禁了許多年，往事像峭壁包圍著她。有一些回聲常在谷中響起：

「那不是妳的錯。」Helen說。

「妳沒有做錯事。」啟德說。

她聽見這樣的話語，卻一直沒有把這句話擱進心裡，就像她在谷底找不到出口。而在九龍半島的建築物頂樓，當她重複對Joseph說出類似的話，說，這不是你的錯，這是意外。

她忽然得到一種被釋放的解脫。

她終於把這句話聽明白了。意外就是意外，意外只是意外，根本就是這樣的。原來，是這樣的。

那一夜，春溪才開始用心聽Joseph說話。他知道春溪對先前的設計圖樣都不滿意，於是興起自己創作的念頭，沒想到春溪一看就喜歡。

「那麼，能不能修改一點呢？」

「有條件的。」

「什麼條件？」

「讓我喜歡妳！妳不需要負責任的，我只是喜歡妳，妳根本不必理會我。除非有一天，妳也有一點喜歡我了……」

「你把我當成蝴蝶夫人？還是蘇絲黃？」

「不是。妳是春溪，春天裡的小河流，妳就是妳，不是任何人。」春溪把臉轉向窗外，沒有說話。隔著維多利亞港灣，九龍半島的燈光璀璨溫柔的亮著。同樣的半島燈海，她要把自己再度交託嗎？這一次會有怎樣的創傷？

「當妳有一點喜歡我的時候，我一定會負責任的。我會負責讓妳幸福，一生都幸福快樂。」Joseph彷彿是在對自己說話。

他開始邀請春溪去他的住處看圖，有時兩人一起去街市買菜。那些菜販都和他很熟似的，Joseph！Joseph！一路叫著與他打招呼。有些菜販也嘲謔他，或者敲他竹槓，他也不介意，孩子氣的笑著，笑容裡有一種憨厚。春溪看不過去，忍不住替他出頭，不肯讓人欺負他。

「喂！這是十元一斤，不是十元一個吧？你是不是太誇張？」她用流利的廣東話質問果販。

「哇！」小販起鬨地：「Joseph的老婆好兇悍哇！」

春溪氣得不想理會，她覺得Joseph明白小販們的諧謔，但他笑得很開心，好像很歡迎被誤解的樣子。

他喜歡吃春溪做的海鮮粥和炒米粉，吃完飯便自動自發洗碗盤，刷廚房。春溪倚在門框看他出力的背影，有一種奇妙的感覺，像是一個家，就這麼天長地久的過下去。

可是，她仍不愛他。

因為她的心裡隱藏著一個祕密。每次，到機場去接客人的時候，她一定親自出馬，在接機處等候。看著旅客從陡坡推著行李車下來，她的眼光熱切搜索，也許有一天，她會在機場忽然與啟德重逢。重逢之後又如何呢？她沒想過，只是不願放棄這樣的想望。如果他們偶然重逢，也算是一種天意，也許，會有一些不同，也許會有這樣的偶然，就像一場美麗的意外。

意外果然發生了，卻是在春溪與Joseph去美國參觀禮品展的時候。

隆冬，他們租來的車子被困在風雪中，為了想儘快脫困，Joseph扭轉方向盤抄小路，想不到道路被雪封了，進退不得。春溪原本就有些傷風，入夜以後急遽惡化，喉痛欲裂，並且發起燒來。她把所有的厚衣裳都裹上身，仍止不住的哆嗦。Joseph的大哥大電話也沒了電，求援無門，只好緊緊摟住她，她開始說國語：

「好冷，好冷……我好冷！」

「妳說什麼？Cathy！我聽不懂。」Joseph非常焦慮。

他為她的身體做按摩，想讓她暖和起來。脫去她的靴子，他按摩她已經凍僵了、失去知覺的腳。春溪感覺到他解開衣扣，把她的冰雪一般的腳，貼在他溫熱的前胸。春溪努力掙動，Joseph握住她的腳：

「妳的腳暖和了，身體就會暖和的，一會兒就好了。」

春溪燒得高了，昏睡過去，覺得身子變得很輕，好像隨時可以飛走了。

她想，死亡是不是就是這樣的一種感覺呢？但，她被緊緊環抱著，挽留住。一股堅決的力量，不肯鬆手。

昏睡之後醒來，春溪開始迷亂的叫媽媽，Joseph驚恐的對她說話，但，她已經不認識Joseph了，Joseph用毛毯把她裹緊，他下決心下車步行到高速公路去求救，雖然非常危險。

Joseph離去以後，天漸漸亮了。春溪掙扎著將車窗搖下，細小的雪花紛飛，她並不覺得冷，只是絕對的安靜。她把下巴放在窗沿，看雪，看著濛濛亮的琉璃世界，自己彷佛是世界末日最後活著的一個人。好寂寞好寂寞啊。

寂寞比死亡更令人悲哀。

她真希望能有一個人在身邊陪伴著她，假如她就要死去了的話。

安靜的，一點一點流失的生命，她覺得愈來愈虛弱。在虛弱中，她知道自己其實在等待，等待那個一直在她身邊的，有著深邃雙眼，溫暖笑顏的男人。

「Joseph！」她喃喃喚著他的名字。

如果，他一去不再回來呢？

不要，不要讓我孤孤單單一個人死去。

她在恍惚中，看見穿著紅色毛衣的Joseph，攀越雪堆奔爬向她，他的身後還跟著幾個人，好了，她告訴自己，他回來了就好了。

他們搬運春溪的時候，她稍稍清醒了片刻，看見Joseph臉上的淚水。

「不要哭，我沒事的……」她費力的說。

Cathy！Cathy！妳要撐下去，我不能失去妳！

在春溪再度昏迷前，聽見Joseph急切的，帶淚的呼喊。

這一生春溪住過兩次醫院，醒來都有一個男人在床畔守候。看見Joseph的時候，她有一瞬的驚惶，又發生了什麼不可挽回的災厄了嗎？她整個人因此而收縮。

「Cathy！」Joseph從椅子上跳起來：「妳醒啦？謝謝！謝謝天！妳覺得怎麼樣？痛苦嗎？」

春溪搖搖頭：「我覺得很好。」

除了全身無力的鬆弛以外，她覺得真的很好，一切都平安，什麼可怕的事也沒發生。她微微笑起來：

「我把你嚇壞了，真抱歉。」

「Cathy！」Joseph款款深情的看著她：「我如果失去妳，就一無所有了。我真的怕極了。天啊！我從來沒有這麼害怕過。」

「你一直抱著我，讓我暖和，你不會失去我的。」

說完這句話，春溪自己也嚇了一跳。

她闔上眼睛：

「我想休息一下。」

Joseph替她把被子拉好，附在她耳際，輕聲說：

「我聽見了。」

然後，他溫柔的親吻她的鬢角。

返港的飛機上，春溪每次轉頭，都遇上Joseph的眼光。

「什麼事啊？」她終於忍不住問。

「妳病的時候，一直說國語，我一句都聽不懂。後來我就想，如果妳好了以後，不會說英文了怎麼辦？」

「怎麼辦呢？」春溪也覺得有趣。

「那有什麼問題？我很快就能學會國語了。」Joseph對自己很有信心。

春溪滑靠進他的胸膛，手臂圈抱住他。正是那夜，她赤裸的雙足擺放的位置。正是這個人，她在孤絕的世界裡唯一的憑藉。而她現在好好的，擁抱著他，他也好好的。

Joseph的心跳變得劇烈了，他接住她：

「我最愛的Cathy！我會照顧妳的，讓我永遠照顧妳。」

Joseph擔心春溪的身體，為了要好好照顧她，所以，他們合住了一個比較大的單位，真的愈來愈像是一個家了。

Joseph仍然很愛薑花，他後來告訴春溪，因為這是一種開放在溪畔的野生花，又像是美麗的蝴蝶，很像春溪。他喜歡被薑花清冽的氣味包圍著的感覺，就像春溪在身旁。

他們的相處像情人；像朋友；也像親人，當他們並躺在鬆軟舒適的雙人床上，Joseph就會問她：

「三個，好不好？」

「不行！太多。」

「那麼，兩個吧？總要有兩個吧？」Joseph討價還價的。

「一個。」春溪擺出鐵面無私的態度。

「妳一定會後悔的。」

「你說什麼啊？」

「生孩子啊！妳說什麼呢？」

「說你最愛吃的菠蘿包啊！你愈來愈胖了。」

他翻身搔她，纏她，不讓她睡。等到鬧夠了，他們一起入眠，明天早上，他會在她身邊醒來，仍是她的男人，是她一個人的。

他的襯衫是她挑的，他的內衣是她買的，她不喜歡的領帶他都丟掉了。假若早晨他醒來沒看見她，就會像貓咪一樣，不斷叫她的名字，直到她到床邊，膩進他懷裡。假若早晨他醒來她還在睡，他會像貓咪一樣輕悄的，深怕驚動了她。

她愛這種生活。

Joseph返回英國去之後，春溪認真想過，如果Lawrence執意結束香港公司，她該怎麼辦？Helen邀請她回臺灣的公司，一場賓主和患難姐妹，彼此都很惜情，可是，春溪發現自己更願意跟Joseph在一起，哪怕是去亞馬遜叢林。她願意去。

電話鈴驀地響起，春溪聽見Joseph精神飽滿的聲音：

「親愛的Cathy！我有一個好消息要告訴妳，父親同意我們再做兩年，我們一定可以賺錢的。對不對？」

「哇！」春溪歡喜的嚷起來：「Joseph！你太棒了！我就知道你一定會有辦法的。」

「那麼，我要獎勵。我這次一定要一個大大的獎勵。」

「貪心鬼！你要什麼？一百個菠蘿包？」

「不是的，我想要跟春天的小河流住在一起，我要妳的一生。」Joseph緩緩的說。

「嗯，」春溪聽見自己的濃重鼻音：「我想，我可以考慮考慮……」

「我會從新機場回來，妳要不要來接我？」

春溪充滿喜悅的情緒，他就要回來了，那麼，就算是生病也無所謂的，他會照顧我的。

離開辦公室，走進週末的擁擠的街道，春溪忽然想起，今天是七月四號了，還有兩天，啟德機場就要關閉了。她招一輛計程車住機場去，還沒下車，就看見扶老攜少的人群，不斷閃亮的鎂光燈。香港人懷抱著難捨的心情，到此做最後的巡禮，攝影留念。每一個角落，每一面牆壁，都有了可資紀念的價值。

春溪被人群推擠著，接近了樓梯口，她很熟悉的知道，從樓梯下去，就是接機處了，她曾經徘徊等待過無數次的地方。但，她轉個身走開了。

那裡沒有她要接的人了，她所等待的，將從新機場降落。

〈創作完成於一九九八年〉

今夜明月在荷塘

再也不必挺直背脊，人前裝歡，
就在意識逐漸撤離以後，辛酸自憐占據全部的情緒。
她在淚水中紓解；被釋放。

發表會在臺北市最新的大飯店頂樓舉行，一出電梯，便見一直排列到舞臺邊緣的各式花籃。空氣中浮動著各種高級的香氣，薰人欲醉。

舞臺上的布幔還未拉起，暗紅色的簾幕前方，放置著今夜眾人注目的焦點，一只閃閃發亮的金盤獎。中國人參加日本服裝界設計大賞，第一次獲頒特別獎。

獲獎的設計師，是三十歲的程嘉，服裝設計界的傳奇女子。

沒有家世，沒有背景，四、五年間迅速走紅，當然屬於傳奇人物，報章雜誌不只一次報導她的崛起，極盡誇飾，強調她的不凡。先前，她還略提一提十一年前，初入此行的艱辛和孤寂，然而，撰稿者總一筆帶過。好奇的人並不關心，那不重要。他們要認識的是個天才；是個一夜成名的美麗女人；是她豐富多彩的羅曼史；她的服裝、髮型和首飾；她豪華典雅的居所；她在舞臺上的燦爛光華。他們的夢想，奢侈而遙不可及，她替他們實現。

他們為此而愛戀她、歆羨她，同時，也沒有理由的忌恨她。

程嘉或許不是天才，但，她肯定是聰明的。她很早就學會使用媒體，展現一個眾人心目中最理想的程嘉——神祕的、冷靜的、永遠走在潮流的尖端。

她選擇了黑色，一種最高貴的單色，配合著絲緞般的長髮，盈亮而透著智慧的黑瞳，每一出現在展示舞臺上，如一道自天而降的黑綾，將所有的綺麗旖旎，盡皆覆蓋；獨留驚懾全場的絕豔。那絕豔其實是無所不能的燈光變化出的氣氛，是烘托產生的效果。

舞臺四面的鎂光燈不停閃亮，面帶微笑的程嘉眼前一片燃燒的白熱，什麼也看不見。

因為嚴重感冒，使她異常虛弱，四個小時以前，才拔下點滴管子。此刻，喧囂的喝采與旋轉的燈光，令她既暈且盲，感覺漸漸騰升起來，止不住的飄浮。

模特兒過來獻花，並吻她的面頰。

她的笑容變得倉皇，知道自己撐不下去了。求助的，她握住一隻手，掙扎著，喉頭極乾澀：

「送我回……後臺。」

在震耳的樂曲中，她的聲音被吞噬了。

臺上的模特兒為她表演；前後臺的技術人員為她工作；記者為報導她而來；觀眾為欣賞她的才華聚集，她是今夜唯一的主角。

然而，此刻，她是如此惶恐無助。

掌聲如浪潮擊打岩岸，澎湃著，始終不疲倦。舞臺中央的麥克風是調整好了的，所有的人都等待她說話。只要幾句感謝，這場發表會就可以圓滿閉幕，觀眾的要求並不高。

但，她不能，她首次感覺到無能為力。

千萬不能在舞臺上倒下來，她用殘餘的意志力命令自己。

機械的捧著花束，夢遊似的後退，裹在晚禮服中的雙腿邁不開，她第一次在燈光照射之下，顯得狼狽。

舞臺後方，站成一排的模特兒，感覺有些異樣，不禁面面相覷。

跟隨她最久的男模特兒赫爾靠近她，一隻手攬住她纖細的腰肢，嘴唇微微開闔：

「妳還好嗎？」

程嘉竭力扭轉頸子望向他。赫爾心中一驚，他從沒見過，她眼眸之中，如此徹底的絕望與疲倦。

每一次演出都守在幕後的程珊珊扯開嗓門喊：

「熄燈！快！落幕——」

可是，已經來不及了。捧在胸前的花束頹然摔落在地上，支離破碎。

程嘉像一片黑色的羽毛，疲軟在赫爾的臂彎中，她在眾多眼光注視下，攝影機清晰的焦距裡，倒下。

赫爾將她拖到後臺，珊珊立即衝過來，解開她背後的隱藏鈕扣。

她感覺自己被放平了，她聽見珊珊在慌亂中指揮，叫救護車、阻止記者攝影，然後，珊珊俯在她身旁，焦急的，擦拭她額角的汗水。

「姊！妳怎麼樣？聽得見我嗎！妳哪裡不舒服……」

珊珊的手停下來，怔了怔，而後移到程嘉的眼角，遲疑的為她拭淚。

「姊！」珊珊的聲音有些哽咽：

「妳怎麼，哭了？」

怎麼哭了？

程嘉也覺得詫異，已有許多年不曾掉淚了。

而今夜，當她用盡所有氣力，也不能支撐，終於在舞臺上倒下，無比的淒涼孤寂，緩緩籠罩包圍。

再不必挺直背脊，人前裝歡，就在意識逐漸撤離以後，辛酸自憐占據全部的情緒。她在淚水中紓解；被釋放。突然覺得自由，天地遼闊無邊，可以任意遨遊。

躺在雲端是什麼滋味？

是一種極端的鬆弛與愜意，不必運用思考；只要感覺。在微風中悠悠蕩蕩，往上飄浮，高了再高……更高……還要高……起風了，她被吹得搖晃起來，四面八方都找不到攀附的憑藉，風更強，呼嘯著掠過耳際。

她覺得寒冷、不安而焦慮，為什麼要到這麼高的地方來？這裡並沒有她要的東西。

可是，她確實是在這裡，即使要離開也不可能。

「他們說，我要一直一直照顧妳，我會在妳旁邊，保護妳的。」那缺了半顆門牙的小男孩，說過這樣的話。缺牙使他看起來爽朗快樂。

那男孩長大了，成為一個身形偉岸的男子。他不懂修飾；或是根本不屑。承自然造化之功，外加多年教育成果，質樸而不顯粗糙；溫和而不致細膩。只是，缺牙令他哀傷黯然。

「高處不勝寒。妳得留心，別等到了頂上，才發現，只剩下妳自己一個人。」

長久的守候以後，他也離開了她。

程嘉在痛楚的呻吟中甦醒，旁邊圍著的人紛紛呼喚她。

這是在醫院，程嘉轉頭尋到珊珊。

「姊！好一點沒有？」

「我怎麼會這樣？」

「醫生說妳太虛弱，剛才可能是缺氧。」頓了頓，珊珊帶著笑意：「大概禮服太緊，妨礙了呼吸。」

站在病床兩側的女孩都笑起來，程嘉搖搖頭，隨之失笑。

「所以呀，程姊！我們平時好辛苦的。」最年輕的菁菁在一旁起鬨。

程嘉微笑的，看著這一群美麗的女孩，每個都經她親自挑選調教，洗褪鉛華，則有著驕人的青春燦亮。

知道程嘉沒事了，女孩們七嘴八舌討論今夜的慶功宴。赫爾抱了一大束鮮花，和程嘉的經紀人一道走進病房。程嘉安靜的接受醫生的檢查，「好好休息」的囑咐之後，病房又歡騰起來。

「美不美呀？」赫爾指著花，有得意的神色。

程嘉微笑著，對他闔了闔眼，表示感謝。

「你們回去吧。」程嘉說。

病房中的細語低喃，變為一種嗡嗡的震動，令她暈眩反胃。

赫爾領著一群女孩離開了。經紀人陳文靠近病床，靜靜看著她，過了一會兒，輕聲說：

「今天晚上的展示，還是成功的。」

程嘉緩緩轉開臉，不說話。

「把身體養好，才是真的。妳把自己繃得太緊……」

珊珊站在病床的另一邊，幾回猶豫，終究小心的問：

「報紙……」

「很難說。我鄭重的拜託過他們，可是，阿嘉現在新聞性很高，即使不藉著這個機會大作文章，恐怕也一定要提一提的。反正……」

陳文仍不停的說著，珊珊專注而憂慮的聆聽。這些都是程嘉的事，與程嘉有最深切的關聯，可是，那些鮮明的字句，只像飄掠無蹤的煙塵，無法凝聚成實質的意義。

她的眼光游移到窗外，看不見其他的建築物。假若可以俯視，必然是萬家燈火皆在腳下，而四周沒有燈，月色清冷。

許久許久不曾感到如此孤絕。

正像多年前，從家裡衝出來的那個夜晚，天地縱然遼闊，卻沒有她的容身之處。內部奔騰著一種毀滅的欲望，烘在腦門，令她陷於昏亂混淆。

巷口駛來一輛腳踏車，車燈刺眼的閃亮，幾乎沒有思索的時間，她迎上去，以全部的氣力，作最後的拚搏。

煞車聲尖銳的把黑夜劃破，沒有痛楚，沒有尖叫，只有肉體結實碰撞地面的聲響，甚至，也沒有驚疑。

一切都應該結束了，十二歲的她以為。

因強烈的震動而昏厥，卻又因猛烈的痛苦而甦醒。首先聽見的是類似哭泣的顫抖聲音：

「她會不會死？會不會死呀？」

路燈黃黃的籠罩，她費力睜眼，看見抱著她的人，白色上衣血漬點點，把眼光往上移，她有些意外，怎麼會是這個人，傅家的男孩子。

傅太太和其他的鄰居紛紛奔跑過來。

「媽！」傅彥輝喘息地：「我撞到人了。」

「是程家的女兒。」大人們驚怪地嚷叫：「珈珈！珈珈！妳怎麼樣？」

他們把她送到附近唯一的小診所，醫生恰巧不在，倒把值班的護士忙得人仰馬翻。

她仰躺在診所唯一的病床上，銀白色的燈光把周圍景物襯得慘慘淡淡。她最明顯的傷處在額角，一緊一舒的脹痛以後，幾乎麻痺。但，在護士為她消毒並止血的時候，撩起新的、尖銳的疼痛，是不能負荷或解脫的，於是，她模糊的呻吟。

「這樣長的傷口，還是縫一縫吧！」不知道哪一位太太說。

「醫生又不在，怎麼縫啊？」護士的口氣透著不耐煩。

比較大的醫院在城裡，距離這小鎮有一個多小時的車程，傅太太急得拭淚：

「那怎麼辦呢？漂漂亮亮的女孩子，要是留個疤……」

「先止血嘛！把血止住就沒關係啦！」這會兒，護士的口吻卻又透著樂觀的愉悅。

隔著薄薄的三夾板，可以聽見傅太太斥責兒子的聲音，大略是怨他車騎得太快，終於闖下大禍。

她專注的傾聽了一陣，沒有聽見傅彥輝的聲音。

傷口包紮好了之後，護士留她下來，要觀察一段時間，確定是否摔成了腦震盪。

傅太太和鄰居們先後離去，一面去取醫藥費，一面向程家通報消息。

家裡不會有人來的，她知道。事實上，已經沒有家人了。

事實上，已經沒有家了，她想。

睜開眼，靜靜盯著她的是傅彥輝，原來他並沒有走。他穿著白襯衫、黃卡其制服，八成是補習回來。他的唇部紫腫，取下口中帶血的棉花，輕聲喚：

「珈珈！」

那是他第一次呼喚她。她那時名叫程珈珈。

住在同一條巷子裡，時常打照面，而她總不與他招呼。他原是熱心腸，久了，也就慢慢淡下來。

但，她一直給他極特殊的印象。前兩年，家裡還用煤球烹飪，彥輝常在雜貨鋪裡買鹽、買油的時候，碰見瘦弱的珈珈一手拎一個煤球回家。她的小臉極平靜，對這件吃力的事，彷彿沒有埋怨，而那眉眼之間的神情，完全不屬於孩子的。

傅家和附近鄰居的煤球，都是雜貨鋪老闆親送到府，珈珈的繼母和雜貨鋪老闆娘早吵翻了，日常用品都支使珈珈去買。鋪裡的人暗地憐憫沒娘的孩子，而珈珈的臉色一律緊繃，她受慣遷怒的罪，卻又不是逆來順受的溫懦性格。

曾有那麼一次，彥輝跟在她背後，眼看拴煤球的繩子斷裂，煤球摔在地上，珈珈被嚇了一跳。

彥輝跑兩步上前，不假思索的，只想幫她。他把煤球撿起來，還沒有拿穩，珈珈劈手便把煤球搶進懷中，瞪著他的眼睛裡盡是戒備與不安。

「我、我……」他忙著說明。

珈珈已經飛快的跑開了，木屐聲清脆的敲擊在水泥路上。彥輝楞楞的站立，看著那個倔強的小女孩，突然發現那女孩所有的是如此纖小的雙足。

被他撞傷的，偏偏就是這個女孩。半年前，她的父親，最後一位親人，也因肝病而去世。

怎麼能撞上她呢？

他有著空前的愧悔，覺得這一次意外，必當受到天譴。

「妳痛不痛？現在……昏不昏？」

珈珈看著他，不說話。

「不要害怕，妳已經不流血了。」

珈珈曾經非常害怕，從奔進醫院，到父親嚥氣；然後，世界上再沒有什麼值得恐懼的事了。

她遭受屈辱，滿懷怨憤，拚命的撞上彥輝的車，激動、痛楚過後，此刻所剩餘的，只有深深的疲倦。

「都是我不好！我真是對不起！」彥輝的眼圈驀地潮紅，十五歲的男孩。

珈珈再度闔上眼，突然覺得，不那麼孤絕，至少，在床邊就站著個背了黑鍋的男生，狀況之淒慘比她更甚。

彥輝為閃避她，扭轉車身，撞上了圍牆。她被車龍頭掃到，收不住衝勢，摔破了額角。

彥輝斷了半顆門牙，她留下一道半月形的傷疤，因為這場災難，使他們的生命之中有了一個共同的焦點，自此緊密糾纏，長達十八年。

今夜，躺在醫院寬敞的病床上，卻與任何人都沒有干涉。

程嘉，不再是父母雙亡，飽受繼母欺凌的程珈珈。這是一段多麼艱辛漫長的路，她有些疑惑，自己真走過來了？

許多個坐在故鄉荷塘畔的夜晚，她懼怕自己熬不過明天，彥輝總陪在身邊，他一直不肯把缺掉的半顆牙補好，每一張開嘴，就給人突兀的詫異。

若是看慣了，淳厚自然煥發，倒完全沒有滑稽的感覺。

「你幹嘛不把牙齒補起來？」他們剛熟識的時候，她忍不住這樣問。

「妳臉上的疤也補不起來。」

「是呀。」自從額上添了傷痕，她開始意識到美，語氣中不免淡淡惆悵。

傅太太早帶她去剪了劉海，並誇讚蓄了劉海漂亮。

「可是，妳的疤不難看。」彥輝認真看著被風吹散髮絲，顯露出的飽滿額頭，一道比膚色深暗的印記。

他專注的思考，然後說：

「像一個月亮。」

傅家的人，自從那件事以後，都覺對她愧疚。她因此與傅家人結緣，得到少許溫情，重建信心。

她看著身旁剃短頭髮的男孩，眉間寬闊，五官舒整。長手長腳的，把自己安措在她身邊。她突然有些說不清楚的感激，禁不起他的全心全意，於是，皺起鼻子，她說：

「好醜陋！醜死了。」

「一點也不醜！真的。」

「我說你啦！說你的牙齒！」

「反正，我也不嫁人！」

彥輝鬆了一口氣，跟著促狹的她一道笑起來。笑著，伸長腿，拖鞋盪在池邊。

「是啊！我要嫁人，你怕我嫁不出去，是不是？」這種玩笑，有一段時間常掛在嘴邊，後來，突然就不再提了，因為說起來不再有趣，卻有微妙的緊張。

「我不怕！」彥輝說，他是拿大人們的戲謔當真的。大人們說，把珈珈撞得破了相，你得好好照顧她。

珈珈是他的責任，他不怕擔負責任。

「要是你撞到別人呢？」

「一樣啊……一樣嘛！」

她暗暗嘆了一口氣，怎麼這個十七、八歲的大男生，全沒有主觀審美概念。她不喜歡自己在他心中，和別人都一樣。

怎麼可以一樣？總有一天，要不一樣的。

要不一樣的……

「姊！」珊珊的聲音好近好近：「姊！妳作夢了？」

程嘉睜開眼，微感燥熱，病房內的燈已熄滅，月光從窗外投射進來，將白牆染成涼涼的藍。

珊珊靠在床邊，擔憂的望著她：

「是不是很熱？什麼地方不舒服？」

程嘉搖搖頭，想坐起來。

「我來！」珊珊敏捷的，尋找病床的調整桿。房內光線不足，但她沒有開燈。這兩年來，程嘉習慣把自己置於黑暗中，珊珊習慣去配合她。

程嘉的背部被抬高，她看著珊珊開啟健康飲料，傾倒在玻璃杯中。

她接過杯子，握在掌中的冰涼直沁心脾。

「妳沒回去？」

「我在沙發上睡。」
「我已經沒事了，現在，幾點了？」
「三點多。」
「珊啊！」片刻以後，她說：「妳睡吧！」
程嘉再一次醒來的時候，天已經亮了。
珊珊躺在對面沙發上，外套滑在腿旁，蜷著身子，沉沉的舒眉熟睡。
程嘉凝望這張晨光中的臉龐，竟有一種往常被她忽略的優柔之美。
她忽略的其實很多，包括：這幾年來珊珊如何費心為她安排生活上的事務；如何委屈自己容忍她的恣情任性……五年了，她怵然而驚，珊珊竟然陪伴了她這麼多個日子。
她記憶最深刻的，仍是那雨後的黃昏，被彥輝領來，髮長垂肩，瘦怯怯的女孩，惶恐謹慎，白衣黑裙，低著頭，站在客廳一角。
程嘉一眼便看見珊珊手臂上纏的麻，胸腔中沉埋許久的情緒澎湃洶湧，急破而出。
「怎麼回事？」
「珊珊的媽媽，過去了。」彥輝說，緊緊盯著她看。

過去了，那麼快就過去了。程嘉猛地洩了氣，這樣長久而巨大的陰影，一夕之間，消解無形。

曾經，程嘉想過，她和繼母是怎樣一段因緣，她們選擇了對方為不能兼容的仇敵，倔強的爭鬥近二十年。後來，她恍惚的感覺，對手只是個假想敵，真正竭力抗爭的，其實是命運。

從瑟縮悲戚的珊珊身上，程嘉見到那股支持她不斷奮鬥的恨意與力量，格外清晰鮮明；而又非常淡遠不真。

——剋死了妳媽妳爸，巴不得剋死我！該死的，妳怎麼不死啊——珈珈衝向牆壁，她的頭髮被揪住，整個人離了地。

「幹什麼？要死就死在外頭，別在我面前裝腔作勢！」

那年的那個晚上，她再找不到活下去的理由，十二歲女孩，全心全意尋死。

「珊珊沒什麼親人，我帶她來找妳。」這一刻，彥輝帶著珊珊來，靜靜等候發落。

她恨繼母時，連帶珊珊一塊兒，尤其珊珊不是程家的女兒，卻姓了她的姓。

她不肯喚繼母一聲「媽」；珊珊卻從進她家門開始，便親親熱熱的喚她父親「爸爸」，這一點她也恨。

「妳們姊妹倆，要是齊心協力作個伴，也很好。」彥輝再對她說。

她一動也不動，中蠱似的，眼望向他們，卻像什麼也看不見。

彥輝暗暗嘆口氣，伸手扶住珊珊的肩：

「我們走吧！」

程嘉正努力讓自己掙脫一場冗長焦苦的夢魘。彥輝注視著她的眼神，混合著了解、憐惜與痛楚，因她終究不能掙脫。

「等等！」當他們走到門邊，她出聲阻攔，慌張的：

「你帶她去哪兒？」

彥輝緩緩回身，坦白的：「我不知道。」

「珊珊要住在這裡。」她發現說這話的時候，有一種囚禁多年，突遭釋放的鬆弛，微微戰慄。

她已經不再恨死者；怎麼還能恨這個與她冠上同姓的女孩？

她送珊珊去補習，以專科畢業的學歷，考入大學夜間部，珊珊選擇了日文系。到日本去的時候，珊珊變成她的代言人，但她一直不覺得珊珊早已脫離她的庇護；反而成了她的監護者。在她記憶中停留的，始終是站在牆邊，侷促不安，等待她來判決命運的程珊珊。

當她每次站在伸展臺上，站在輝煌燈光與熱烈掌聲中，珊珊總在帷幕之後，在黑暗角落裡，為她留意張羅所有事務。

程嘉走回病床，抱起薄被，小心的替珊珊覆蓋。她將每個動作放得輕悄，不願驚醒珊珊。

珊珊還是醒了過來，睜眼看見程嘉，緊張的翻身坐起。

「姊！妳怎麼樣？」

「我沒事了，妳再睡嘛。」

「不用了，我也不睏。」

珊珊發現身上的被單，有些詫異。她們兩人坐在沙發上，相對微笑，都有些尷尬，一時間，不知說什麼好。

「我想，回去看看。」程嘉說。

珊珊不能確定自己聽見的話，她注意程嘉臉上的表情：「回去？」

「回中部，去看看。」

「我陪妳去，好不好？」

「我自己回去，很快就回來。」

珊珊點頭，她不知道程嘉怎麼生出想回家鄉的念頭。程嘉北上那年，只有十九歲，她才滿十四，一路跟隨到火車站。程嘉臉上那般義無反顧的堅決，令她害怕。

火車進站以後，程嘉轉頭對彥輝說：

「那，我走了。」

「姊！」珊珊喚住她，離別的情緒漲得很高，微顫的遞上一疊貼好郵票的信封和信紙：

「我們等妳回來。」

程嘉意外的看著她，第一次這樣正式的注視，眼光中有許多複雜的情感，而絕對沒有怨恨。

珊珊一直記得月臺上那樣的一瞥，更記得火車開動以後，彥輝貼放腿側的手掌，緩緩緊握成拳。

她有段時日，曾企盼能與彥輝再到月臺上，接程嘉回家，那時，程嘉或許可以放棄都市夢，心甘情願長久待在小鎮，成為傅家媳婦。

十一年來，即使是逢年過節，程嘉也不肯回去。

「她放逐自己，離開家鄉，卻不知要到哪裡去。如今，妳是她唯一的親人，她很孤獨，很脆弱……好好愛她，她終究會明白。」

彥輝結婚以前，細細叮囑珊珊，珊珊一一應允，卻免不了滄桑的感傷。

「你還是愛姊，你永遠放不下她。」明知不該說，她還是說了。說出口更清楚的知道，改變不了任何事。

「我不知道，愛禁得起多少歲月和考驗？太長太久了，妳知道，我看到自己的白頭髮……」彥輝的聲音模糊到無法聽清楚的地步：「我太疲倦了。」

珊珊在夜裡送彥輝上火車，然後，回到近郊別墅。別墅中鬢香舞影，遊興未歇，好像從彥輝訂婚以後，程嘉對交際應酬表現得特別熱中。珊珊獨自上樓，看著舉杯笑語的程嘉，驀地覺得悲哀。

此刻，程嘉竟然要回去，是受了什麼樣的召喚？

「姊！」珊珊忍不住再問：「妳真要回去？」

思念，是一種不能解釋的情緒。許久以來，程嘉不曾仰望天空，季節時令的變換，是她最忙碌的混亂時期。昨夜在醫院，她終於有完全鬆懈的機會。

與都市的月亮遭逢，強烈想起鄉下的池塘；映照在塘中的明月；那許許多多荷塘旁的夜晚。她的心，因過度渴望而痛楚。

那裡是她年少時的避風港，情感最初依歸的地方。

當年，決定要上臺北時，彥輝表示了強烈的反對。

「我早說過，我不可能待在這裡一輩子，讓我出去闖一闖，我才能甘心！」她的態度也是無可商量的。

「妳既然決定了，何必告訴我？我反正管不著。」那是彥輝對她說過，最重的話。

她離開傅家，走到荷塘去，坐在一株歪傾在池面的樹上。荷花早開過了，幾片稀疏的荷葉伸出水面，被風撩撥，如翻飛的幅裙。有一種孤零、柔弱，不肯屈服的意味，恰似她的心情。

蛙唱停止，頓呈真空的寧靜，皎白的明月投射在塘中。除了那一輪白，四周全是墨綠，池水、柳樹、遠山，層層渲染成一幅圖畫。

程嘉屏息，專注凝視。假如可能，她想把眼見的一切鏤刻在心裡，細細密密。爾後，獨自行走的艱辛歲月，將它變成可以慰藉的唯一風景。

聽見走近的腳步聲，她知道，彥輝來了。

「等我當完兵，就到學校教書。妳在臺北，要是不開心，告訴我，我去接妳回來。」他站在她身後說。

她不說話，淚水漫上眼眶。除了這片荷塘，還有這不肯補好牙齒的男子，都是她的不捨。

他轉過她的身子，握緊她的雙臂，眼眸晶亮，牢牢捉住她的瞳仁：「千萬不要逞強，事事都要小心，我把我最珍愛的交給了妳……」他的聲音哽住，頓了頓，極慎重的：「妳一定要、一定要好好保重！」

程嘉壓抑不住所有的淒愴，她環抱彥輝的腰，放聲哭泣。那是一種長久以來強迫節制，而在今夜決堤，自肺腑肝腸傾瀉的傷痛。

那一年，父親去世，她為了親情被橫奪，痛不欲生。此時此刻，離鄉遠走，為了忍心割捨摯情，她以相同的心情哭泣。

疾駛的汽車經過一大片菜圃，緩緩在社區大門口停下來。程嘉下了車，怔怔的站在原地，有些不能置信，十一年後，自己真的回來了。

社區原本都是平房，如今，或是重建為樓房；或是加蓋了二樓。黃昏裡，漸漸亮起的燈光，把四周暮色襯托得暈淡朦朧。

原本，她以為曾經熟悉的路徑已在記憶中消褪，等到置身其中，一切便都鮮活起來。她經過自己家門口，牆內的花木紛紛叢叢，雜亂的探出頭。珊珊在北部定居以後，只留下一把看門鎖。左鄰右舍都亮著燈，唯有這扇門之後，是寂靜的黑暗，像個深不可測的地洞，等在夜裡。

那等待在夜裡的幽洞，把所有的一切都吞噬殆盡。程嘉父親的病弱憂鬱、繼母的刻薄怨毒，以及她自己的慘淡童年……她不必刻意抬起下巴，如今，自然挺直背脊。順著圍牆走，停留在歲月裡的記憶一併飛躍，在轉角處，頓失憑恃，深深滑落。

伴隨成長，始終不曾拋離的抑鬱、委屈和憤恨，突然一齊崩散，她被緊密裹纏十幾年，連呼吸都感覺吃力；每每在惡夢中呼喊掙扎，此刻，完全擺脫。她禁不住仰臉，深吸鄉間芬芳的氣息，讓心中漸升的純淨滲透入全身每個細胞。

為了抹卻年少陰影，她改換名字，企圖脫胎換骨；多年以後才知道，根本只在一念之間。

再一次停下來，在一扇攀著九重葛的門前，花葉繁茂，遮掩了門牌，而隱約仍可辨出一個「傅」字。她站住，風中似乎可以聽見孩子們的笑語。那時，因著傅太太的歉疚愛寵，她常在這幢房子中流連不去，與彥輝兄妹三人共度許多晴雨黃昏。

孩子喧鬧的聲音愈來愈清晰真切，她突感驚詫，難道不是幻覺？

門開了，三個孩子推攘著跑出來，差點與程嘉撞個滿懷。

「哎喲！」紮辮子的小女孩驚怪的，打量程嘉：「妳找誰？」

程嘉恍惚起來，傅家已經搬家了？他們不住在這裡了？

一個年輕女子在孩子們身後出現：

「什麼事啊？」那聲調像樂曲。

「請問……」程嘉終於找到組織語言的能力：「傳家搬走了嗎？」

「哦！」女子臉上有一種純然的喜悅：「沒搬。妳要找哪一位？請進來坐。」

「老師再見！」孩子們揮著手跑開了。

程嘉仍佇立，未曾移動，她盯著眼前的女子，彥輝的新娘。努力的，讓這陌生的窈窕身影在瞳中凝結。

女子也停住，轉身看著她，客氣的微笑：

「妳是彥如的朋友？彥妤……還是，彥輝？」

「都是。」她回答得有些倉卒。

院子裡一棵芭樂樹，已經長得既高又壯，她懷疑是否是當年和彥輝合力栽種的。

「這是芭樂樹。」女子向她介紹，如數家珍：「都有十幾年了。」

「我知道。」程嘉說：「我以前就住在附近。」

女子再度微笑，頰畔的酒窩嵌得正好，暈黃燈光照射下，特別溫柔婉約。

「真可惜，今天家裡只有我一個人在。進來坐坐吧！」

程嘉進了客廳，一切都重新裝潢布置過，窗上貼著雙喜紅字，整齊雅致。女子匆匆卸下牆上的小黑板，兩三下便把餐桌上的茶杯小碟拾掇乾淨。

「還沒請教妳的芳名？」

「程嘉。」

「程小姐。我叫秋芳，妳大概不認識我。我跟彥輝結婚，還不到兩個月……」

程嘉點頭，對她友善的笑笑，彥輝的結髮妻，彥輝的。

秋芳轉進廚房去了，可以聽見杯碟撞擊的輕微聲響。程嘉無意識的瀏覽，猛然與微笑的彥輝撞個正著，穿黑色西裝、打領結，頭髮異常黑亮光潔。她像觸電一樣逃開，心臟遭受壓迫，呼吸變為不順暢的喘息，有片刻不知置身何處。然後，她強迫自己，注視相片上的彥輝和秋芳。

彥輝看來有些不一樣，並不是她所熟悉的。是因為他太刻意而正式？或是他們太久沒有相見？

大約一年前，彥輝在她客廳的大沙發上，她把燈光調暗，輕輕挨著彥輝坐下。

他們剛鬧了一次大彆扭，為的是程嘉與紡織業鉅子似真似假的戀情曝了光。程嘉不肯認真解釋，其實她自己也不知道意欲何為，可是，見到彥輝傷痛，她真確感受心慌。

彥輝飲乾她遞上的酒，站起身，準備離去。

「你不要走！」她出聲喚，而後，降低音調：「今天晚上不要走。」

彥輝轉頭看她，他的聲音極喑啞：

「珈珈！」

她攀住他的頸項，專注的吻他。他渾身戰慄，喘息粗濁，他的擁抱令她窒息：

「嫁給我！嫁給我……求求妳，珈珈……嫁給我——」

第一次，也是唯一的一次，他向她求婚。

她不回答，瘋狂的吻他、撫他、愛他，把他推倒在沙發上。

「珈珈！」他錮住她的胳臂，並且加重氣力：「我要妳嫁給我。妳聽見沒有？」

「我不能嫁你。」她像作夢一般，飄忽的：「除了嫁你，什麼都可以答應。」

她把披在身上的黑綢褪下，向他伸出手，全心全意的等待，絲毫沒有意亂情迷的激動。這是一場絕對的奉獻；不惹塵埃的際會；半生的約盟。

彥輝紋風不動的站立，彷彿面對一個陌生的女人：

「我要的不只是這個，妳知道，我要的是什麼。」

「這是你應得的。」

「我，應得的？」

「這麼多年，你一直付出，我真的沒有什麼可以回報的……」

「回報！」他嚴厲的，眉眼糾結成憤怒的線條：「在妳的腦子裡只有回報、只有價值、只有名利、只有斤斤計較。這麼久、這麼久了，妳只是想著回報……」

「是我虧欠你……」

「是啊！」他用力把她拉向自己，咬牙切齒的：「妳欠我太多，妳來還吧！來回報啊！」

她無法應付他那排山倒海而來的憤怒與痛苦，垂頭可見巴黎綢衫被他踐踏在腳下，就像她瑟縮狼狽的心情。

「妳是在屈辱我。」彥輝鬆開她，寬闊的肩膀垮下：「我配不上妳，我明白。」

「你了解，我沒有這個意思。」她沮喪的，不敢觸碰他。

「我不了解。」他的眼光穿越厚重的落地窗，穿越層層山水，尋找家鄉小鎮的月臺，追蹤進站的火車，隆隆開動之後，永不再回頭。

「我熟悉的是珈珈，十年前，坐著火車走了。我卻不了解程嘉。」他收回視線，平靜的看她：「我想，是我弄錯了。」

五個月之後，他訂了婚，半年後，結婚。他的新婚妻子，名叫秋芳的年輕女子，正在程嘉面前送上一盅銀耳湯：

「妳嘗嘗，彥輝最愛喝的。」

是彥輝最愛喝的，今天以前，她完全不知道；此刻之後，知道了也沒有意義。

「妳是從臺北來的？」

「是呀！妳怎麼知道？」

「看得出來，臺北人有臺北的氣質；我們鄉下人有鄉下的味道。」秋芳的通達，使她不卑不亢、怡然自得，在程嘉面前，絲毫不見畏怯。

世事皆有緣定，程嘉在心底嘆息。這樣的女孩，遇到彥輝那樣的男子。

「彥如生孩子，彥輝送爸媽到高雄去看外孫。妳留下來吃飯吧！到夜裡，彥輝會趕回來，他不放心……」秋芳白皙的面頰染上淡淡的粉紅，忽然地笑起來，而後強自抑止。

這是一個平凡的女人，程嘉清楚的知道，這也是個幸福的女人。

決定起身告辭，她不願和彥輝相遇，想看到、想知道的，都已完全。但，仍忍不住再一次瞥向牆上的結婚照，覺得彥輝的確不同，她迅速逡巡他的眉眼、鼻梁、嘴……終於驚訝的發現，他多了半顆牙。

他補上那顆缺牙。

告別時，程嘉忍不住握秋芳的手，彥輝曾堅持不肯補好的牙，為她改變了主意。

「恭喜妳。」

「謝謝。」

程嘉出了門，秋芳在後面問：

「妳要到哪兒去？」

「隨便走走。」

程嘉原本要去尋找那片荷塘，現在，卻朝著車站的方向走。

明月是否依舊映在塘中？

荷塘是否完好如故？

今夜，一點都不重要。只要天上明月在，可以投影在每個水面上，包括臺北她的別墅，陽臺上養蓮花金魚的那方小池。

迢迢而來，卻在這裡豁然開朗。

她安詳的在站牌下等車，站牌後方是個麵店，老闆招呼她：

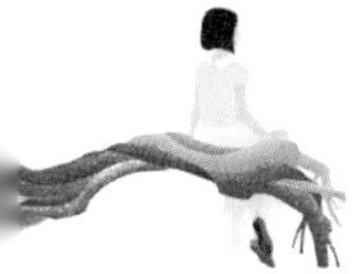

「要半小時以後才有車，吃一碗牛肉麵吧！」

她不經意回頭，便決定吃一碗麵。雜貨店老闆改行賣麵，她真的好奇。

老闆娘蹺著腳，盯著電視裡的楊麗花歌仔戲；專心投入的程度，正如當年聽收音機裡的梁祝哭調。

事事都改變；事事都沒變，她禁不住勾起一抹淡淡的笑意。吃完麵，就要趕回臺北，臺北有許多事等待著她，許多個明天，必須妥善安排。

屬於明月的，屬於荷塘的，屬於年少的，往事，都走遠了。

〈創作完成於一九八七年〉

在冬天，握住一隻小手

好像滑落到一個寒冷的深穴裡，
被棄絕了，
卻隱隱有著低低的哭泣聲，
熟悉的哭泣聲，怎麼也不放棄，
使她不致沉淪到最底、最荒涼。

桂華把毛毯齊胸掩住身子，端起瓷杯喝一口橙汁，因為失去冰度，顯得酸。

「什麼時候？」她蹙了蹙眉：「你會下單子？」

身旁的男人並不穿衣，裸著身靠過來吻她光潔的肩膀：

「這麼現實，嗯？」

「你是我師傅呀，現實，不是你教我的？」

男人訕訕笑起來：

「倒是我把妳教壞了。我是教妳把這套去對付別人，不想妳拿來對付我。瞧！我已經是個老頭子了……」

桂華側臉看他，奇怪，男人比女人耐老，三、四十歲的時候，總也不老，一過五十，摧枯拉朽的一路老下去，頭也禿了，曲線也垮了，皮肉也鬆弛了。與這樣的一個男人親熱，如果不是為錢財利益，一定就是真有依戀的情感．她與他是哪一種呢？他是她第一個男人，那年她剛畢業，二十二歲，他已是成功的貿易商，三十八歲，精力旺盛，為所欲為。她真的愛上他，愛得狂熱，覺得跟著他就別無所求，而且相信他不會虧待自己。他認真教了她許多，只不跟她提未來。二十四歲那年，她捉到他和另一個女人偷情，恍然大悟，她不過是他諸多婚外情的一樁而已。於是她用工作所得和變賣了他送的車的錢出國留學，兩年後回來仍是同行，仍免不了見

面。四下無人的時候，他肆無忌憚的打量她：

「我看看我的車發揮了什麼作用？」

桂華一點不覺得被羞辱，那輛車是她應得的，她似笑非笑的挺起胸：

「我做了手術，一個希望工程。」

「什麼時候可以瞻仰？」

「看你的福分了。」

他們像朋友一樣約著喝茶吃飯，偶爾，仍能聽見男人的緋聞，桂華也斷斷續續談過幾次戀愛，男人每次都很有風度，宣稱替她準備好結婚禮物了。一次又一次，禮物總送不出手，替她慶祝三十二歲生日那天，男人忽然嚴肅認真起來：

「是不是我耽誤了妳？因為和我的那一段，妳一直沒有釋懷……」

她想嘲笑他的自戀，未免把自己想得太重要了吧？那麼遙遠的事誰還記得？真是太可笑了，可是，那一瞬間，她就僵在那裡，笑不出來，覺得這一切都是場荒謬劇，覺得自己被誆騙戲弄了。或許是因為三十二歲的生日令人感傷；或許是因為冬天的緣故，她在冬天總覺得著慌，很容易心情低落，總之她沒笑出來，反而淚流滿面，悲不自勝。

他們又在一起了，桂華才知道他的老婆孩子都移民到加拿大去了。她根本懶得去想是不是因為這樣男人才又來找她，因為她清楚的知道，二十二歲的自己是一去不回了。

看著男人軟弱的仰臉望著自己，她到底還是不忍：

「薑是老的辣。你呀，越老越厲害！」

「妳說的是哪一方面？」

「最壞的那一方面。」

男人嘆一口氣：「我覺得妳的壞才教我追不上呢。」

「女人都是讓男人教壞的。」

「是嗎？男人這麼厲害？」

「倒不是男人厲害，是女人把男人看得太重要了。」

男人忽然被激動，俯身吻住桂華，十分纏綿深情的。

其實，桂華說這話完全沒想到男人，她想的是映月，是從小一塊兒長大的朋友，想到映月因為婚變而發生的變化。

桂華洗過澡出來，男人穿著浴袍等待：

「晚上來吃人參雞吧，妳太忙，瘦了，得補一補。」

「謝啦。我今天禁食，只喝果汁。瘦，是減肥的功效，求之不得呢。」

她掏出化妝品重新著妝。

「阿華。考慮一下香港分公司的成立，賺了咱們平分，賠了全算我的，我是認真的。」

「行了。我會考慮了。你今天真的不去辦公室？我可不行。我那位老闆半天瞧不見我就抓狂。」

男人把雙手放在她肩頭輕輕按摩，她舒適的闔上眼。

「什麼時候，搬來住吧？」

桂華睜開眼，把化妝品俐落的裝進提包，霍地站起身：

「好。我先走了。」

「阿華。」男人阻住她：「阿華，什麼時候妳可以不那麼忙碌，聽我說說話？」

深吸一口氣，她環抱雙臂：

「請說。」

「我幫妳想過了。現在，除了婚姻關係我無法給妳，其他的都……他們在國外，不會回來，我也和她談過，我們的關係一向很淡，妳是知道的。我在臺灣有自己的生活，她完全可以體諒，也能接受。所以，讓我照顧妳，給妳一個家。這兩年，因為妳的緣故，我再沒有別的女人，我連想都不想，我的年紀大了，妳也不小了。我們好好生活在一起，如果妳願意，生一個小孩，妳以前不是一直想結婚，想有個小孩嗎？我們現在都能辦到了，只要妳願意——」

桂華的眉頭擰到一處，這是怎麼回事？男人什麼時候變得這樣嘮叨？三十二歲生日那天的感覺又回來了，或者是因為冬天，煩躁心慌，令人不知所措。

「我三點鐘要開會，我真的要走了。」

桂華披上外套，往外走，坐上駕駛座，踩足油門衝進車陣裡。這討厭的冬天，冬天裡什麼事都不對勁，困在車陣裡，踩煞車都能踩到腳抽筋。

等紅燈時，桂華忍不住撥了大哥大給男人，那男人接聽時很驚喜。

「你剛才說生孩子的事。」

「是呀，如果妳想要的話……」

「我有過一個孩子，是你的孩子，今年已經十歲了。」

男人噤聲，過了一會兒，聲音極不穩定的：

「妳為什麼從沒告訴我？孩子在哪裡？」

「誰稀罕他呢？我沒讓他活，所以，我們不會有孩子了。就這樣。」

男人不知說什麼才好，桂華掛了電話，應該很悲傷的，卻覺得還好，總算告訴他了，不必再自己一個人苦苦背負了。

也是這樣的冬天，她先發現有孕，接著就發現男人的另一個女人。她去找映月，映月一聽就哭了：

「為什麼會發生這樣的事？妳為什麼這麼不小心？很危險的呀。」

「現在說這些都沒用，我走投無路了才來找妳。」

「我不知道。我不知道怎麼辦，我不敢去，去那種地方。」

「那我自己去，妳別告訴我媽就成了。」

「妳怎麼可以自己去？我們要互相照顧的呀。」

映月整整失眠三天，黑眼圈都出來了，倒像是她要動手術。躺在手術檯上，桂華遵照映月的囑咐，一直去回憶小時候的事，桂華總躲在映月床上看漫畫和小說。因為蛀牙的緣故，映月被嚴禁吃糖，桂華把方糖藏在口袋裡，想留給映月吃，招來一堆螞蟻，招來桂華媽媽崩潰的喊叫。村裡有個怪婆婆燉的花生湯好可口，整條巷子都是花生湯的味道，映月騙了怪婆婆出門來，桂華就溜進去偷甜湯……想著想著，感覺到身體裡一部分掙扎欲墜，不肯分離。好像滑落到一個寒冷的深穴裡，被棄絕了，卻隱隱有著低低的哭泣聲，熟悉的哭泣聲，怎麼也不放棄，使她不致沉淪到最底、最荒涼。

醒來時才知道，映月哭到眼睛都腫了，她撐著牆走到映月面前：

「小月。沒事了。我們回家。」

映月緊緊擁抱她，渾身顫抖：

「對不起。我幫不了妳，我沒照顧好妳，我對不起妳，對不起……」

為什麼是映月說對不起呢？為什麼是她哭得這樣肝腸寸斷呢？可是，起碼有人為這件事悲痛了；起碼有人疼惜她受過的苦了；起碼有人表示類似哀悼的意思了。

映月接了桂華住在她那兒，像坐月子似的給她補身子，而且，不准她再提起這件事和那個男人，也是她鼓勵桂華出國留學的。

「只要做對選擇，事情會如妳期望的。」

桂華相信映月的話，相信那一次的痛苦是因為做了錯誤的選擇。可是這些年來，為什麼總沒做對過選擇，走著走著，又走回男人身邊，而男人此刻說的話，曾是她全心全意期盼過的，曾是她願以所有一切去換取的，如今聽來，格外荒謬蒼涼，她替自己感到悽然，也替男人感到悲哀。

都是因為冬天，她心慌得想找個人靠一靠，抱一抱，結果扯出一堆有的沒有的。

開會的時候，桂華是不接外線電話的，所以開完會總有一堆等著回覆的電話，看見映月留下的電話，她有些詫異，映月一向不愛打電話來公司的，即使在鬧婚變的時候也一樣。桂華撥著號更覺納罕，上班時間為什麼映月會在家裡？

接電話的是映月的母親，聽見桂華的聲音好興奮，一直叫她來玩玩，又抱怨映月自從離婚以後簡直變了個人，除了工作什麼都不要了，吃不好也睡不好，整個人瘦了一圈。桂華覺得愧疚，從年底忙碌到現在，真的有一陣子沒和映月聯絡了，只知道她把全部寄託放在工作上，而且很「樂在工作」的樣子。人活著總要有點倚靠，桂華這些年是倚靠著工作過活的，她以為映月能在工作上獲取成就感，平復婚姻的創傷，是件不錯的好事。

映月媽媽說映月帶著幼稚園的女兒可可去附近公園曬太陽了，陰天陰了好久，人都要起霉了。桂華決定去找映月母女，帶她們四處逛逛。她先打電話給約好上山洗溫泉的男人，男人自從知道有個其實並不存在的十歲兒子，對桂華更加溫柔寬厚。

「反正我總是排最後的，我已經習慣了。」

「你不高興啦？」

桂華完全是乘勝追擊的心態。

「我幾個膽子？妳忙妳的，溫泉不會變冷水的，相信我。」

桂華駕車往公園的方向去，想著曾經有段日子也為映月的事來往奔波著。映月是在她出國的那兩年戀愛並且結婚的，她嫁的是個攻讀博士的研究生，只在專校兼幾個小時課，全靠映月在雜誌社採訪寫稿的收入維持家用。桂華看過她挺著肚子跑來跑去作採訪，很覺不忍，映月說她對未來有信心，對自己的選擇有信心，在信心中，她生下第一個兒子，兩年後又生了女兒。博士老公取得學位以後常常出國開會，桂華送映月去醫院生產，隔著玻璃指出可可給映月媽媽看。映月一直要可可叫桂華乾媽，桂華無可無不可。滿月以後，映月硬要桂華抱一抱可可，桂華一個勁兒推辭，怕把小娃兒碰壞了。

「不會壞，我們桂華阿姨小時候多喜歡娃娃？還得抱著娃娃去學校呢。」映月媽媽成為歷史見證，說得眉飛色舞。

暖暖軟軟的小東西入了懷，剛吃過奶，心滿意足的閉眼安睡，看不出像父親或母親，或許所有的小孩最初都是同樣的臉孔。小可可忽然睜開眼，晶亮的黑眼珠盯著桂華看，桂華渾身顫慄，從這雙亮透黑透的眼眸裡，她彷彿看見另一雙恆久的，胎兒的眼睛，從沒閉上過，也沒有睜開。

桂華手忙腳亂把嬰兒塞還映月，映月媽媽問：「怎麼啦？」

「沒事。小baby總是讓我緊張兮兮的。」

映月沒作聲，安靜的打量桂華，那眼神混合著了解與嘆息。

而映月非常有把握的選擇，也忽生變故。博士的外遇找上門來，叫映月讓賢。

博士並不出面，一副看看鹿死誰手的樣子。映月灰頭土臉要弄個玉石俱焚，決定把事情鬧到博士任教的學校去，七歲的兒子卻得了父命懇求母親：

「媽媽。妳不要恨爸爸，不要毀掉爸爸好不好？」

映月決定找年輕的第三者談，希望可以動之以情，說之以理。桂華堅持陪她去，兩個人總比一個人聲勢浩大些。

第三者並不羞愧，也不懺悔，昂昂然頂天立地。反而是映月方寸大亂，說到後來，幾乎是苦苦哀求了。桂華看不過去，不得不挺身而出：

「那是一個好好的家庭，妳一點同情心都沒有嗎？」

「妳當過第三者嗎？第三者也是好好的一個人，不過就是相遇晚了點。」她轉向映月：「是妳的誰也搶不走，這可怪不得我。如果妳把老公照顧好，他也不會來找我。說到底，我替妳照顧老公，妳還應該感謝我才對。」

映月和桂華立即敗下陣來。

桂華想了好幾天，想那女孩的理直氣壯，她是虛張聲勢？還是真的相信自己是對的？桂華當時已經和男人復合了，她想著，我這是在照顧他呢，他的老婆應該頒辛勞獎給我，可是，說服不了自己，無法把這事當做善事。

映月離婚以後，兒子跟了父親，可可年紀小又黏母親，映月把她留在身邊。有段時間，映月媽媽還沒上臺北來，映月雜誌社忙得不能脫身，桂華就去接可可放學。幾個還沒人來接的小孩，有一搭沒一搭的在園裡玩，可可瞥見桂華，眼睛驀然點亮，跳起身子衝過來：

「華ㄚˇ姨——」

歡欣的嚷嚷。

桂華打開車門讓她進後座去坐。

「華ㄚˇ姨！我可不可以坐前面？」

「前面危險。」桂華說得在情在理，其實是她不知怎麼和小孩坐在一起。

「華ㄚˇ姨！我們是不是要去接ㄇㄚˇ ㄇㄚˊ呀？」

「是呀。」

「哇！好棒喲。謝謝華ㄚˇ姨！」

可可在後座不停的唱歌，唱老師教的歌，也唱流行歌，唱著唱著，她忽然停下來，小臉湊在桂華後頸：

「華ㄚˇ姨，妳覺得我唱得好不好聽？」

「很好聽。」

「那……華ㄚˇ姨妳要不要給我拍拍手啊？」

桂華先忍不住笑起來，她為可可拍手，可可忽然羞赧，雙手遮住臉，仆倒在後座。

把可可送去映月那裡，再去約會的時候，桂華的心情莫名的好，男人像算命仙一樣的，一口咬定：

「今天又去接小女孩了？」

「不准嗎？」

「我高興都來不及呢，只要妳喜眉笑眼，我什麼都准。」

桂華絕不會承認自己因為見到小女孩才高興，她小心翼翼保持距離，從沒碰觸過小女孩，不可能被牽動得那麼深，頂多是因為幫了映月的忙，心情才好的。離婚事件上幫不了她，桂華總希望為她分勞解憂，她們是從小一塊兒長大的好姐妹。

市區裡最大的公園出現在眼前，雖是冬天，仍然綠意盎然。陽光下，三三兩兩的人們悠閒的散步，桂華兜著圈子找停車位，她看見可可跑著跑著，繞著一個陌生女人跑，奇怪，映月去哪裡了？這個瘦女人是誰！桂華仔細認了認，嚇了一跳，差點撞上前車，她猛踩煞車，後車喇叭銳叫，惹出她一身冷汗。
竟然是映月。
才兩、三個月不見，映月怎麼完全變了樣子？到底發生了什麼事？
桂華停妥車，往映月的方向跑去，她看見花圃邊緣並排坐著的映月和可可，依偎著曬太陽，冬天裡溫暖的太陽。
桂華站在映月面前，映月閉眼仰臉，完全沒有察覺；可可望向另一端一對老夫婦逗弄著小狗，也沒有看見。映月的臉頰曾經是滿月，如今顴骨突出，下巴變尖了，還有嚴重的黑眼圈。
「小月。」桂華察覺了呼喚中不穩定的情緒。
映月睜開眼，笑起來：
「怎麼是妳？我還想下午給妳打電話呢。」
「華ㄚˇ姨！」可可的臉笑起來，是一個小小的滿月。
「可可越來越像妳。」
「是嗎？」
「ㄇㄚˇ ㄇㄚˊ！華ㄚˇ姨陪妳聊天，那我可不可以陪狗狗聊天？」
「去吧。」

可可歡天喜地跑向老夫婦和他們的狗。

「可可從小就喜歡狗，住在公寓裡怎麼能養狗呢？」

「妳小時候也喜歡狗啊。放學回家沿路一直餵狗，自己的便當都省下來給狗吃，害我分一半便當給妳吃，變成發育不良。」

「是呀，吃過妳便當的事都忘了。下輩子吧，下輩子我的便當分妳吃。」

「得了。這輩子還沒完呢，扯下輩子做什麼？」

映月笑了笑，只是笑，一點喜氣也沒有。

「我聽妳媽說了，可可的爸爸他們全搬去美國了，事前也沒打個招呼，真是離譜，兒子總是妳生的，難道女兒他也不要了？」

「他們又生了個女兒，快半歲了。可可對他來說，本來就是可有可無了。」可可被小狗舔了一下，摀住鼻子笑彎了身子，桂華看著，悄悄嘆了口氣。

「妳不為這事生氣了，為什麼這麼瘦？太忙了？妳犯不著跟自己的身子過不去……」

「離婚以後，我告訴自己，再沒有什麼可以失去的了，也再沒什麼好恐懼的了。我拚命工作，爭取到主編，還想更上一層樓，我讓自己忙得一塌糊塗，有時候幾天都見不到可可，偶爾見了，連說話的時間也沒有……現在我知道，我還是有恐懼的，我還是有最珍貴的寶貝，害怕失去，就是可可。」

「還好妳不會失去她，只要妳不那麼忙。」

映月垂下頭，不說話，桂華忽然緊張起來：

「怎麼了？可可怎麼樣了？」

「原來妳關心可可？」

「這是什麼話？可可是我看著她出生的，我看著她長大。我只是，只是……」

「只是妳忘不了那件事，像一個鎖一樣，把妳對孩子的愛都鎖死了。可是妳本質上是一個愛孩子的人，妳只是欺騙自己，壓抑自己。」

「我不知道，我想，我大概需要一點時間。」

「我是已經沒有時間了。」

「妳到底想說什麼？」

「我昨天去醫院看過檢查報告，是血癌，將近末期。」

四周忽然變得很安靜，人聲車聲都沉默。桂華站起身，無意識的向前走幾步，回轉身看著映月，說不出話，只能喘息。

竟然是血癌，為什麼是映月？

「也許檢查出了錯，我們再去別的醫院，重新檢查——」

「我需要幫助，媽媽年紀大了，可可還這樣小，什麼都不懂……我想到我們的交情，妳有事就會來找我，我也只有找妳了。」

「我不信。我就是不相信。這有什麼道理？老天有沒有眼睛？」

「可能老天爺看我太累了，決定讓我去後臺休息……桂華！面對現實好不好？我也不願意，只是，由不得我們呀。」

可可看見她們哭成一團，急匆匆跑回來，鑽到她們倆中間：

「ㄇㄚˇ ㄇㄚˊ！華ㄚˇ姨！妳們怎麼了？怎麼哭了？」

映月摟住可可，哄她：

「沒事。我們太久沒見面了，所以就哭了。可可去跟狗狗玩吧。」

「可是，我不想去了。華ㄚˇ姨，妳不要哭了，我的賤狗手帕借妳，好不好？」桂華努力止住淚，對可可說：

「我們去吃巧克力蛋糕好不好？可可最愛吃巧克力蛋糕了，對不對？」

「對呀。ㄇㄚˇ ㄇㄚˊ也愛吃，我們去吃蛋糕吧。好棒喲！」

三個人都站起來，映月把可可牽到桂華面前：

「可可。牽著華ㄚˇ姨的手，好不好？」

「好啊。」

可可毫不遲疑，溫暖柔軟的小手遞給桂華，桂華身心俱震，她一點一點去感覺，好小好小的一隻手，握得好緊，好確定。桂華呼應了那樣的溫情與信靠，她把那隻小手牽住，牢牢握著，多年以前她曾失去的，一個孩子的小手。

可可一邊牽著映月，一邊牽著桂華，她又開始唱歌了。桂華想著，待會兒要記得幫她拍拍手；又想應該問問男人，他的別墅可不可以養隻小狗？他沒理由不答應的。走在紅磚路上，可可快活的跳格子，並沒注意到映月鬆開了手，桂華注意到，並且轉頭，映月輕聲說：

「我只想知道，如果沒有我，妳還是會牽著她向前走。」

是的，我會的。

桂華沒有回答，牽著可可繼續走。天似乎漸漸暖起來了，也許是因為這隻小手，也許是因為春天將近。

〈創作完成於一九九六年〉

聆聽幸福的聲音

即使在最寂寞的時刻，

即使淚水使我看不清世界的樣子，

我仍在聆聽，

關於幸福的聲音。

若要落車，請早揚聲

阿傑等候著，不願驚擾，反正是最末一班車，
他可以一直等下去。他等著，
等著，等出了清清的眼淚。清清無聲的在座位上流淚。

「若要落車，請早揚聲。」

香港的小型巴士上，司機身旁常常放置這樣的一塊告示牌。

一個帶著濃厚臺灣腔的小男孩，用普通話在巴士上嚷著：

「清表姐，『揚聲』是什麼意思啊？」

小男孩像個毛猴子似的，清清簡直抓不住他。

「乖，別這麼大聲，坐好了，不要扭來扭去啊。」

阿傑掌著方向盤，從後照鏡裡瞄了一眼，他很佩服清清的耐性。對於小孩子他不僅是束手無策，簡直就是恐懼，或許因為他是一個沒有童年的人吧。或許是吧。

「那妳跟我說嘛！『揚聲』是要幹什麼？」

「『揚聲』呢，就是開口說話的意思，也就是說，如果你要下車，就開口請司機叔叔停車……」

「那如果不開口呢？」

「如果你不開口，人家怎麼知道你要下車呢？」

「我可以按鈴啊，奇怪，怎麼沒有鈴啊？香港人怪怪的……」

清清立即止住孩子的話，她的臉頰因為窘迫而緋紅，真的是很容易臉紅的女孩呀。阿傑對自己微笑起來，其實，這個時候社區小巴上除了一些菲傭買菜回家，根本不會有什麼香港人，但，阿傑常常可以在這個臺灣女孩的身上，看見一種身居異鄉，無所依憑的惶惑神色。

因為她講話的輕聲細語，因為特別多的語尾助詞，甜甜軟軟的腔調，阿傑已經認定她是臺灣人了。

「臺灣人說話是不是特別溫柔好聽的？」他詢問過其他的同事。

「沒什麼特別吧，反正聽不懂。」

他開始注意聆聽從內地來的女人說話，和其他來自臺灣的女人說話，一段時日之後，得出一個結論，再沒有人像她說話那麼好聽了。而且有禮貌。每回下車，她一定微笑點頭向他說：「唔該！」

他聽見她刻意用廣東話向自己道謝，便也向她點頭說：

「拜拜。」

他幾乎不與乘客說話的，頂多點點頭；有人喊著下車的時候，他便舉起左手，表示知道了，他不說話是因為，人們說話可以表達與溝通，他若說話往往令別人更加迷惑。

因為他的唇顎裂。天生畸形的，修補許多年仍補不好的嘴。

在社區巴士的最後一站，阿傑穩穩的把車停住，清清牽著男孩站起身。

「我們還沒『揚聲』，司機叔叔怎麼就停車啦？」

「叔叔知道我們要下車啊。」清清走過他身旁，同他點頭微笑：「唔該。」

「拜拜。」他說。

雖然是含混不清的聲音，但他一點也不介意。

看著他們下車，他心中被愉悅漲滿，每一天，他都在等，等著這一段相會時光，等著她靠窗而坐，沒啥表情的看著窗外景物，等著她從自己出神的遊歷中醒來，對他微笑，對他說「唔該」。他從來不曾這樣喜歡這份工作，尤其是車上的人很少的時候，他覺得自己像是她的專屬司機，只為她一個人駕駛，隨她要去天涯海角。

這樣純粹的快樂，是他的二十八年生命中，絕無僅有的。

有時他也問自己，是從什麼時候開始的？是怎麼開始的呢？

記得是在夏天的時候，他駕駛社區小巴已經半年了，即使不開車也願意留在開著冷氣的車上，因為香港的夏天炙熱而悶濕，令戴著口罩的他難以忍受。當初應徵的時候，就和社區管理處說好了，他必須戴著口罩上班，免得添加「困擾」。主任是這麼說的，困擾。這已經是他一生擺脫不了的困擾了，他不想再給別人帶來困擾。菊花很好心的幫他找到一種質地輕薄，透氣性特佳的口罩，但是，仍無法消除他在夏日裡的不舒適。

那天早晨，他微偏頭，看見一雙纖細美麗的腳，被涼鞋的皮繩纏繞著，上了車來。他並沒有去搜尋那雙腳的主人的面孔，雖然他立即就有了這樣衝動。

那雙腳的主人是個長髮女孩，穿著連身的白色棉布洋裝，背了一個草編的袋子在肩頭。下車的時候，她對他微笑著說：

「唔該。」

他於是看見她並不漂亮卻有一股親切感的容顏，笑著的時候，她的眼裡漾著流麗的水光，燦燦亮亮的。他有些驚慌，僵硬在駕駛座上，忘了回應她。等她下了車，他才想到，她不是本地人，那一句廣東話，說得生澀而不自然。

或許因為他多半都是沉默的，從小，他學會了聆聽，記得唸中學的時候，上英文課，他輕易便能辨別所有的字音，但是，他不能讀。有一回，一位剛畢業的女老師叫他起來背書，他緊張又興奮，努力的，緩慢的，儘量清晰的背完。課室裡一陣死寂，女老師的笑容很刻意：

「坐下吧。」她調轉頭再不看他一眼：「還有誰要背書？」

他那時就死了心。

即便自己能精準的辨識出標準與不標準，那又如何？他知道自己是被拘禁的，不能自由，被殘缺拘禁在自己的身體裡，永遠不得釋放。

後來，阿傑常常在車上見到清清，她的訪客很多，男女老幼都有，他們在車上喚她的名字，清清，清清。他於是知道她叫做清清。他曾經猜測，她究竟在香港做什麼？難道是旅行社的導遊？又或者，她是某個男人暗藏的女人？阿傑於是留了心，觀察了一段日子，從沒見過年齡相當或態度親密的男人，與她共同出現。

秋天到的時候，他去唱片行買了幾卷國語流行歌曲的卡帶。看見她上車，便關起收音機，換上卡帶。

「嘿！你也喜歡張學友啊？」下車的時候她問。

「是啊。」他點頭。

原來她喜歡，真好。

以往，他常不明白，十來個同事，都是男人，湊在一塊兒就品評誰家的太太，誰家的小姐，都是乘客，有什麼好談的？他總是到一邊去吹風喝冰檸檬水，打打盹。近來，同事們一開話匣子，他就不由自主的湊過去聽，他很希望聽見別人談起清清，甚至有好幾次他幾乎忍不住要問：你們有沒有看見一個臺灣女孩？

一切就是這樣開始的。

阿傑回到旺角，這裡據說是全世界人口密度最高的地區。轉到靠近廟街的小巷子，登上舊式建築的狹窄樓梯，進入六、七坪大的家。他推開窗，讓晚風進來，一邊扭開收音機，頻道固定在普通話臺已經有一段時間了。自從清清聽見國語歌曲笑起來之後，他就決定要學好普通話，如果有一天清清忽然和他聊天，起碼，他能聽懂她說的話。

「喂！阿傑！開門啊！」菊花在門外嚷嚷。

阿傑打開門，黑暗裡看不清楚，他不耐的：

「又飲酒了？」

「沒呀！」阿菊一把扯下他的口罩，湊上來：「你聞聞！」

「懶得理妳。」阿傑輕巧的避開了。

「幹什麼老是聽這個？你真的想去廈門嗎？」

阿菊伸手想扭頻道，阿傑擋住她：

「別動！」

「你是不是要去廈門？」

阿傑的母親過世好些年，父親和兩個哥哥都搬去了廈門住。只有他一個人留在香港，留在以前的家裡，因為和母親是最親的，這裡還留存著母親的氣味，還留存著母親的聲音。

「阿傑！阿傑起身啦，不要覺覺猪啦。」

母親溫柔的呼喚他起床。

「蠢鳥！這麼多年什麼也學不會。」菊花走近那隻八哥鳥。

黑羽黃喙的八哥鳥，母親飼養的寵物，學會了母親呼喚的聲音。剛開始的時候，阿傑被喚醒，總希望睜開眼就能看見母親，所以，他不敢睜眼，害怕絕望的感覺。

「菊花，妳好靚啊！妳好靚啊！」菊花對著八哥嚷。

「不要亂教牠。」

「蠢啊！什麼也不懂。」菊花喃喃的，眼睛卻望著阿傑。

「我要睡了，妳還不回家？」

「走啦。」菊花出門前指一指放在桌上的塑膠袋：「鳥的飼料，還有，這個是臺灣的珍珠奶茶，你試一試吧。」

「啊，把我吃的和鳥吃的放在一起。」或許因為「臺灣」兩個字，阿傑的心靈被什麼說不清的東西撞了一下，恍惚的喜悅著，語調也輕鬆了。

「差不多呀，你們！」菊花笑著出門了，很開心的樣子。

阿傑把飼料倒進鳥食罐子裡，如果不是菊花，這鳥又要斷糧了。

他大約明白菊花的心意，他們從小就是鄰居，一起上學，一起做功課。小時候他只有菊花一個朋友，每當其他的同學嘲笑阿傑，菊花便潑辣的罵人家，連他自己的哥哥也懶得理。小學時，母親送他去一所教會醫院，那醫院願意免費為阿傑動手術，當初父親很反對，說這是別人拿窮人做實驗；又說生意那麼忙，沒時間去醫院照顧；況且醫生也說了，不是一次手術就能好的……母親說什麼也堅持要作手術：

「我沒能給他一個好嘴，我死也不能瞑目。」

多虧母親的堅持，否則，他一句話也說不出來。但是，手術的複雜與漫長，確實超出他們的想像。好長的一段日子，他記得自己都在麻醉藥中昏迷著，不能進食，插滿了管子，有時候聽見母親的哭聲。

醒來的時候，常常忘記了許多事，不知道是白天還是晚上，不知道是死了還是活著。曾經，忍不住痛的時候就哭，後來，連哭也忘了。

每次睜開眼，看見母親就安了心，知道自己活著，還沒失去記憶。

醫生終於宣布，阿傑這樣的情況已是最好的了，他們不能再做什麼，可以辦理出院了。

母親大哭起來，把阿傑往醫生的懷裡塞，悲憤的：

「你說他會好的！你看看他！你看看他這個怪樣子——」

旁人都來勸，說醫生已經盡力了，說阿傑已經修復了許多。

「不是啊！你們說他會好的啊！你們怎麼可以騙我們？騙我們窮？騙我們蠢？」

「媽！」阿傑抱住母親：「我們回家，我要回家……」

「阿傑。」母親渾身顫抖，緊緊擁住他：「媽媽對不起你。對不起……」

母親再也沒有快樂過，直到心臟病發死去。

如果母親不是驟然死去，那麼阿傑就有機會對她說，他一點也不怪怨母親，他感謝母親生他來到這世界，他感謝母親為他修補缺陷，使他仍能與這個世界溝通，只是比較多阻礙。

他以為總有機會可以說的，想不到再也沒有了。

母親過世之後，在女人街擺攤子賣仿冒舶來品的菊花，就開始古道熱腸的來照顧他的生活。可是，她來的時候，他依然覺得寂寞；她走的時候，他從不覺得孤單。所以，他知道沒有辦法愛戀她。

他有時候也會想，生活是什麼？愛情又是什麼？

也許，有一個女人不嫌棄他，願意陪伴著他，就已經是難能可貴的幸福了。

可是他又想，母親不會同意的。母親一生都希望彌補，給他一個更接近圓滿的生命狀態。母親不肯屈服，他又怎麼可以放棄？

愛情，就是他殘缺的生命裡，最珍貴的救贖了。

他就著吸管啜飲珍珠奶茶，最近街上一家接一家的臺灣珍珠奶茶店開張了，每個店舖都擠滿了人，他卻是第一次嘗試。香濃甜潤的奶茶，柔軟又有彈性的珍珠，口感很好。

他在涼爽的晚風裡，有一種欲睡的適意，電臺正播放著國語歌曲，他在半醒半夢之際，看見了清清溫暖的笑靨。

菊花邀請阿傑一起去泰國旅行：

「好多人都去的，價錢又便宜，吃得好，玩得好，很值得的……」

「沒有錢。」

「我幫你出錢啦，你可以幫我帶點貨回來，反正你這麼身強體壯！」

「沒有假。」

「什麼呀？聖誕節沒得休假？有沒有搞錯啊？是不是欺負你？我幫你去說！」

「不用。我特別加班，大夥兒都請假，誰開車啊？」

「我真的想你去呀，那個賣大哥大的興哥，你是知道的，纏著我不放，他也要去啊，我希望他能死了心，一起去啦？陪我去啦？」

「真的不行。」

「那，我們倆自己去，你挑時間，如果你不喜歡去泰國，不如我們去日本吧？或者去夏威夷也可以，你拿主意呀……」

「菊花。」阿傑閉了閉眼睛，下定決心的：

「興哥人不錯的，他對妳好誠意的，給人家一個機會，也給自己一個機會吧。」

「你說什麼啊？」菊花的眉頭全擰在一起，很不耐煩的：

「不去就算了，你說一大堆我聽不清楚啊！煩死人！」

她扭過頭就走，阿傑知道，她全聽清楚了。

他只是覺得再拖下去對不起菊花；況且，聖誕節那天，他決定要加班，或許能載到清清。他一直有夢想，聖誕節那天能夠跟自己喜歡的女孩一起共度，就算只有十幾分鐘的共處，也就夠了。

他們已經開始一些簡單的談話了。

最初是因為一位男乘客在禁止吸菸的車上吸菸，阿傑請他熄菸，他卻表示聽不懂，阿傑費力再說一次，他仍聳聳肩。阿傑覺出了那人的惡意，他在路肩停下，被憤怒充滿，一時間卻不知該如何處理。

清清忽然站起來，走到男乘客面前，伸手指了指車內禁止吸菸的標幟，對那人說：「唔該你。」

阿傑渾身緊繃，他密切注意那人的反應，如果稍有不妥，他一定會教訓那個人，哪怕因此丟了好不容易得來的差事，也在所不惜。

「不好意思。不好意思……」那人熄了菸。

清清回到座位，阿傑重新發動引擎，他從後照鏡裡看見清清對著他微笑。

他不明白這女孩為何如此大膽？她甚至語言不通，卻毫不吝惜的拔刀相助。

清清下車時，他搶先對她說：

「謝謝妳。」

停了一會兒，清清笑起來：

「啊！你會說國語？」

「說不好……」他的意思是自己什麼也說不好。

「不會呀，你說得很好，真的。」

清清說得很真誠。

清清下車之後，他察覺到自己眼眶有些潤潮。

從那次以後，他們常常聊天，都是一些簡單的話：

「買菜啊？」

「是呀。」

「好美的花。」

「而且很便宜的。」

「聖誕節去旅行嗎？」

「不去。」

「回臺灣嗎？」

「不回。」

所以他知道，清清聖誕節會在香港過，因此，他多跑幾趟車，就有機會遇見她。

聖誕節的時候，阿傑跑了許多趟車，都沒能遇到清清。最後一班車在十一點半收班，阿傑終於看見排列在候車隊伍中的清清，他的心臟在胸腔中狠狠擂擊。是的，是她，她今晚特別美麗，看得出經過細心妝扮，原本長而直的頭髮，捲曲柔和的披在肩膀上，增添了更多嫵媚。

可是，她有些不對勁。

她垂著頭，無精打采，臉上有一股悲傷的神色。阿傑一直打量清清，愈覺她整個人都籠罩在深深的憂鬱裡。當她無意間抬起頭，阿傑發現她哭過了，那是一雙流過淚的眼睛。

所有人都沉浸在歡樂的氣氛裡，為什麼她竟黯然神傷？她遭遇了什麼事？她受委屈了嗎？她想家嗎？她也覺得孤單嗎？

他覺得自己完全被攪亂了，她的不快活，令他方寸大亂，六神無主。

最後一站到了，所有人都下了車，清清仍倚著窗，一動也不動。阿傑等候著，不願驚擾，反正是最末一班車，他可以一直等下去。

他等著，等著，等出了清清的眼淚。清清無聲的在座位上流淚。

他被撼動了。

不能再等下去，他告訴自己，一定要做些什麼。

碰——的一聲，車門重重的關上了。

阿傑踩下油門，調轉車頭駛離社區。車上只剩下他們倆，阿傑被一種奇異陌生的情緒鼓動著，那種帶她去天涯海角的夢想彷彿就要成真。

清清仍流著淚，似乎完全不關心自己將去哪裡。

阿傑將車子開到了護城河，河畔被各式各樣的彩燈裝飾得非常美麗，因為人跡絕少，平安夜裡有一種奇幻之美。他緩緩把車停妥，清清終於抬頭，她被窗外璀璨的景象驚懾，停住淚水，怔怔的望著。

忽然，出乎意料之外的，她捧著臉痛哭起來，哭得痛徹心肺。

阿傑真的慌了手腳，他蹲坐在清清身邊，反覆安慰：

「不要，不要，不要……」

他恨自己沒學會「哭」字該怎麼說。

清清總算止了哭，她要求下車去走一走。

「我好笨呀。」她說：「原來這裡就有這麼美麗的夜景，我還跑到大老遠的尖沙咀去，看夜景……你說，我是不是好笨啊？」

「尖沙咀，更好一點。」

「我也以為是這樣的，結果，我在那裡看見……我的男朋友，呃，其實是我以前的男朋友，分手好幾年了。他和女朋友一起來香港過聖誕節，以前，我要求好多次，請他帶我來香港看夜景，他都說沒空。」

阿傑沒說話，他想起此刻正在泰國的菊花。

「真的好好笑啊，可是，不知道為什麼，我就是笑不出來，一點也不想笑。」她最後得出一個結論：

「早知道這裡有這麼美的夜景，就不去尖沙咀了。」

阿傑一直想不透，怎麼能跟她聊那麼久。她專注傾聽他說的每句話，他便是說不清，也不覺得沮喪。他知道了她原來是為那些臺灣泡沫紅茶店作訓練的，她教導每一位店員如何調配各式各樣的茶，並且開發適合香港人的新口味。

清清也知道了他為什麼總是戴著口罩，知道了他的苦難的童年故事。

「好不舒服吧？要不要拿下來吹吹風？」

阿傑沒有能力拒絕她的邀請，他取下口罩時微微顫抖著。

清清像往常一樣看著他，微笑，然後說：

「現在是不是很舒服？」他深深吸了一口氣：

「嗯……真的很舒服。」

她沒有對他的樣貌表示任何意見，令他很覺安心。

他們就這麼坐著，在河邊等待黎明。

清清不見了。他在第五天都沒見到清清之後，驚愕的，有了這樣的想法。

他再也忍不住去問每一個同事，有沒有見到一個臺灣女孩？好幾位同事都有印象，卻也說好幾天沒見到人了，可能搬走了吧，也或許回臺灣去了，來來往往，很常見的。當然，也有人嘲笑他，悶聲不響的，倒起了色心，等等。

他根本沒心情理會，失魂落魄的。

那天黎明時，他送清清回家，清清下車前，忽然問：

「為什麼對我那麼好？」

他沒料到，從來也沒有，因此格外驚惶：

「不是的，我沒有做什麼。」

「我一上車，你就換國語歌曲，我看見的。」

他啞口無言，原來，她早就知道的。但，他真的不敢懷抱這樣的期望，他只是希望看見她開開心心的，他不願奢求，這樣就足夠了。

「為什麼帶我去看夜景？」她再問。

「沒什麼。」他硬生生擠出一句：

「真的沒什麼。」

「那，好吧。」清清垂下眼瞼：「唔該你。」

她現在已經說得很標準了，可是，這句話割裂了阿傑，引起尖銳的痛楚。

他差不多是開著車子，逃離現場的。

回到家裡，他就後悔了。聽著八哥叫他起床，他在想，如果可能的話他很希望清清來教牠說一些話，如果可能的話，他很希望一輩子都能聽清清說話。

為了盼望清清出現，他覺得自己的脖子都變長了。

也許，她還在香港，只是搬家了，阿傑有了這樣的想法。如果只是等待，是沒有什麼用的。他已經錯過一次機會了，上天不會再給他，那麼，現在得靠他自己了。

下班以後，上班之前，他去每一家泡沫紅茶店尋訪。先點一杯珍珠奶茶，然後問：

「認不認識清清？」

有一天，他喝了六杯珍珠奶茶，有些反胃，食欲盡失。

回到小樓，看見菊花在等待。自從菊花去了泰國旅行，好像許久沒見到她了。

「喂！鳥飼料，還有珍珠奶茶。」

聽見珍珠奶茶，阿傑忍不住作嘔。

「不會吧？看見我想吐？你太過分啦。」

「不好意思，我的胃不太舒服。」

「算啦。你自己照顧自己了。我要告訴你，以後記得買飼料，我不能再管你了。」

「怎麼?妳要去哪裡?」

「就是那個衰人興哥囉,他說過年以前我不嫁他,他就去投河!」菊花說著,滿臉春風,眼裡全是笑意。

「興哥?」阿傑如夢初醒:「是啊,興哥,好啊,菊花!恭喜妳……」

「喂!不要怪我,我給過你機會的了。」

「是啊,妳給過我好多機會的。」

「你自己要主動點,要不然一輩子就是這樣,明不明白?」

他明白的。

所以,他繼續去泡沫紅茶店,尋訪,以及等待。

春天的溫暖漸漸充滿在空氣中,常使人忘了冬天還未遠離。阿傑把車停靠站牌,從駕駛座一躍而下,去值班同事那裡簽名,他看見同事古怪的笑容。回轉頭,便看見了排列在人群中準備上車的清清。

「清清。妳回來了。」他不假思索的跑過去。

「臺灣有點事,我處理完了。」

他點頭,一邊笑著,發自內心的龐大快樂。

「聽說，有人四處找清清？」清清隨著人往前移：「清清是我的小名，這裡沒人知道的。」

說著，清清上了車。他在一種飄飄然的暈眩中，晃到同事面前簽名。

「哎呀！你還會寫自己的名字啊？」同事取笑他。

他在同事肩上搥了一記，登上駕駛座，關好車門。坐滿了人的車，陣陣竊笑聲此起彼落，他有些犯疑，難道他的窘態這麼可笑嗎？稍稍在鏡中檢視一番，並沒有什麼異樣啊？

有個孩子指點駕駛座旁的告示牌給另一個孩子看，他偏轉頭，發現告示牌經過了竄改。原來寫著「落車」的兩個字，被「愛我」兩個字取代了。

「若要愛我，請早揚聲」。

這是清清給阿傑的告示。

他彷彿又聽見清清對小男孩說的話：

「如果你不開口，人家怎麼知道呢？」

他不開口，他有方法讓清清知道。

他扭轉方向盤，車子偏離了慣常的路線，向著護城河的方向駛去，也是一樣通往社區，只是要繞遠一點的路，看見美麗一點的風景。

車上的孩子都很雀躍：

「好啊，遊車河啊！」

陽光照耀下，河川清澈明媚，楊柳依依輕拂，車子緩緩沿著河岸前行。

阿傑從後照鏡裡，看見清清額頭輕抵車窗，望著掠過的景物，淺淺的微笑著，那笑意如此神祕，如此深邃。

〈創作完成於一九九八年〉

嗨，這麼巧

燒呀燒的，他吻了她。她猛烈抱住他，
是一個遇溺者的姿態，他們由陽臺進了屋，
滾倒在客廳的地毯上。

看見袤綠如茵的草地上，那匹雪白、搧動一雙羽翼的駿馬的時候，若葵知道自己在作夢。

她的夢一向是卡通式的，帶有濃重的童話色彩。飛馬溫馴的眼眸閃動藍寶石色澤，毛羽光燦，如果展翅，一定飛得又遠又高。她看見一個小女孩赤腳奔向飛馬，兩三下便攀上馬背，伏在馬頸上，回轉頭咯咯的笑著。

是楚楚。她看著，發自內心的愉悅，牽動嘴角。

忽然，陽光隱遁，陰霾滿天，雷電交加，飛馬騰身而起，變成一隻怪龍，渾身鱗片鼓動，噴出毒火，醜陋猙獰的回頭，伸出涎液淌流的長舌，舔向楚楚。

啊——若葵驚怖大叫，她想衝過去救楚楚，卻發現自己只是一個小女孩，她也只是個小孩，小孩怎麼救小孩？

啊——她拚命大喊，恐怖加上絕望。

「媽媽！媽媽……」

她被環抱住，一個小小的身子全心全意抱住她。她從夢境跌進現實，接觸到深秋的涼意，接觸到暖暖的身體。

「媽媽作惡夢，不怕不怕！媽媽好乖哦……」

「楚楚。」若葵驀然哽咽，她不是一個小女孩，她是一個母親。

「媽媽不要哭啦，楚楚好疼妳哦……」

每次楚楚作惡夢，若葵都是這樣安慰她的。

黑暗的房間忽然亮了燈，若葵的母親走到床畔，將楚楚摟進懷裡，一邊伸手揉若葵的臉：

「做媽的人，還要女兒安慰？……哪，又燒啦？」母親的注意力轉移到了楚楚身上：

「小乖乖，頭痛不痛啊？」

「不痛。」楚楚在外婆懷裡仍記掛著若葵：「婆，媽媽作惡夢。」

「明天還是得帶楚楚看醫生，巷子口新開了一家小兒科診所，聽說挺不錯的，孩子每天晚上燒，燒了一個禮拜了，不是辦法。」

「也許明天就好了……」

若葵曾帶楚楚看醫生，感冒藥下得太兇猛，楚楚服食之後陷入昏迷，把若葵和母親嚇破了膽，從此成了典型的「諱疾忌醫」。

母親抱起楚楚回房同睡，離去時語重心長的：

「過去的事不必再想了，還有長長的日子要過呢。」

被褥空空，楚楚不在身邊，若葵感到了寒意。

她知道自己不該追悔，不應有憾恨，過去那四年，她一直都在怡然自得中過日子，甚至有些驕傲。雖然沒能獲得一份完整的愛情，但，她有一個聰明乖巧的女兒。

最重要的是，葛懷民永遠不會知道這個祕密。

葛懷民提出分手的時候，她已經確知有身孕了。

「你如果和我分手，將來你會後悔的。」她看著他，一字一句咬著牙說。

「只是暫時的，就這一、兩年，我們給彼此多些時間空間，好不好？」

分手就分手，為什麼有這麼多似是而非的說法，攪得人發昏。

「反正，你會後悔的。」

剛開始說他會後悔的，若葵是想拿掉孩子；現在說後悔，一個新鮮閃亮的念頭撞進腦中，她應該把孩子留下來，變成她自己一個人的孩子。

將來，孩子長大了，挽住她在街上散步，與老邁的葛懷民相逢，葛懷民用豔羨的眼光看著那孩子：

「這是妳的孩子？長得真好。」

「這原來也該是你的孩子，但，你永遠都不會知道。」

她的身心都因為這樣的計謀而狂喜戰慄了。這是她今生最大的冒險，做一個未婚的單親媽媽。

幾年來，她一直沉浸在這種獨特的幸福感受之中，直到上星期遇見葛懷民，和他的太太，和他們的兒子、女兒。

其實，一點都不稀罕。

葛懷民什麼都有，什麼都不缺。

應該後悔的根本是若葵，因為自己一廂情願的意氣用事，她缺了丈夫，楚楚少了父親。

葛懷民很溫柔的哄逗楚楚，十足是個父親的架式了。若葵從心裡恨他。她很想把葛懷民推開，朝他大聲喊叫：

「滾開！別碰我的女兒，因為……她也是你的女兒！」

她壓抑著，恨不得死掉。當天晚上，楚楚就開始發燒。

是因為感應到了她的懊悔嗎？

若葵醒來時，母親已經帶楚楚去幼稚園了。糟糕！她一躍而起，一面換衣裳，一面打電話去店裡，思謙接的電話，仍是最適宜在深夜聆聽的聲音，叫她不用著急，她母親已打過電話來，說楚楚生病，她沒睡好，會遲些到。

若葵很覺慚愧，她覺得自己被無理的寵溺著，母親、朋友，甚至楚楚，都太縱容她。

若葵和思謙和另兩個朋友合資了一個Café，白天由若葵負責，賣便餐與飲料，經營出童話氣氛。入夜以後，窗戶都關上，屋頂天窗出現，金屬的、霓虹的、後現代風味，供應薄酒精的調酒，思謙便成了掌櫃的。他常在店裡與客人交換故事，客人在他的引導下，總情不自禁說出最真切的私密心事。有些從此就把店當成了家，有些自此蒸發，永不上門。

店名叫「甘願迷路」。

若葵衝到樓下，發動車子，她的眼光被對面停住而未熄火的TOYOTA吸引。已經第三天了，車裡的男人連續三個早上都在這兒等候，他是在等車位？還是等機會？母親前兩天還說巷子裡有人家遭竊，有人看見竊賊，服裝挺講究，根本沒想到……

敦親睦鄰啦、守望相助啦、見義勇為啦……一大堆字眼全湧進腦海，她毅然決然下車，用力的「砰」一聲，甩上車門，增加些許聲勢。喀、喀、喀，踩著高跟鞋走到車邊，示意男人搖下車窗。

「嗨！早安。」男人微笑。

「你在這裡幹嘛呀？」她不讓自己態度好。

「我等妳，呃，等妳的車位。」

「你不住在這兒吧？這裡也沒有公司行號，你知不知道你很可疑啊？」

「我？可疑？」

「如果你來偷情，我管不著。但是，偷別的東西就不成了！」

「妳懷疑我是小偷？我看起來像賊？」

「誰長得像賊啊？這種事當然看不出來的，要不然，你的身分證我看看！」

「身分證？沒帶！妳帶了身分證嗎？我看看。」

若葵從不帶身分證，此刻更加理不直而氣壯：

「現在是我懷疑你，為什麼給你看？」

「喂，小姐，妳今天出門已經晚了，不會遲到嗎？」

「你監視我？連我上班時間都知道，你……」

一張駕照遞在眼前，截斷了若葵的話。

麥明傑。

「如果妳還不走，我可以去找別的車位。」麥明傑不大有耐心的。

走進「甘願迷路」，思謙立刻對楚楚的病況殷切詢問，並且說了一大堆延誤就醫、後悔莫及的、血跡斑斑的例子。

「不如這樣，我先回去睡幾個鐘頭，下午來接班，妳帶楚楚看醫生去吧。」

若葵去幼稚園接楚楚，楚楚因為發燒，小臉紅通通的，大眼睛水亮水亮。她們在巷子口新開的「米奇兒童診所」停好車，楚楚迫不及待奔向櫥窗裡站立的那些玩偶，米老鼠、唐老鴨、森巴、阿拉丁……興奮的跳躍著。若葵懷疑這簡直像個迪士尼專賣店。

她一推門進去，楚楚便乖乖的和其他小朋友一起坐在電視機前看「風中奇緣」。櫃檯裡的護士小姐頭上戴兩隻兔子耳朵，笑得好甜美，招呼她掛號。她看著一群孩子，遲疑的：

「病人好多哦。」

「不是，他們是來看電視的。」

什麼？這是診所還是遊樂場？

嘩哇！孩子們鼓譟起來，錄影帶看完了，有的孩子要看「一〇一真狗」，有的要看「大力士」，爭論不休。

「噓，不准吵，要是鬧就關電視，誰也不要看。」兔耳朵護士小姐輕聲細語，卻產生立即的效果，一個個孩子馬上安靜下來。靜寂之中，診療室傳出呼喊：

「田楚楚小朋友，請進來。」

「醫生在等妳們了。」護士小姐轉向若葵。

若葵正看得目瞪口呆，心裡想著，這真是一個特別的小兒科診所，如果裡面的醫生打扮成太空飛鼠，她也不會顯露出驚訝的樣子。牽著楚楚的手踏進診療室，看見滿臉堆笑的醫生坐在桌前的時候，若葵還是忍不住發出一聲呻吟，竟然是早上等車位的那個麥明傑。

「嗯，今天醫生沒來啊？」她就是打從心眼裡不願相信，這個發生了過節的人是醫生。

「我就是麥醫生，如假包換的。」麥明傑指指牆上懸掛的執照。

「嗨，這麼巧。」若葵很尷尬，她其實並不常常見義勇為的，一行俠仗義就出紕漏。

麥明傑愉快的招呼著楚楚：

「哈囉，小楚楚，記得我嗎？」

「麥叔叔。」田楚楚開心的膩過去。

「外婆怎麼沒來啊？」

「婆在上班，媽媽就帶我來啦。」

這是怎麼回事？若葵忽然陷入真空狀態，母親和楚楚與他都有交情？自己到底錯過了多少？

「來，我們張開嘴說，啊——」麥明傑湊近楚楚。

楚楚盯著他手上的器械，意志堅決的，抿緊嘴巴，搖搖頭。

麥明傑望向若葵，若葵也搖頭，無可奈何的。楚楚不任意哭鬧，可是，她很有自己的堅持，若葵其實也是束手無策。

「楚楚今年幾歲啦？」麥明傑溫和的問。

楚楚遲疑片刻，伸出四隻手指頭。

她不開口。

若葵有種奇怪的，鬆了一口氣的感覺，我的女兒絕不會輕易受誘惑的，她甚至隱隱的微笑起來。

「吶，楚楚妳看這是什麼？米奇手錶！可不可愛？」麥明傑把腕錶秀給楚楚看。若葵清楚看見楚楚眼中綻放的光采，喂！這樣不公平，這種手法有點卑鄙吧，她幾乎要出聲抗議，忘掉自己是帶孩子來看病的。

「我們來比賽好不好，如果妳的嘴巴可以張得比麥叔叔大，這隻米奇錶就是妳的。」

「這樣不太好吧……」若葵正想制止，楚楚已經奮力把嘴張到最大，並且發出「啊」的喊聲。

「啊呀呀，楚楚的喉嚨裡下雪囉。」麥明傑望向呆站一旁的若葵：「媽媽要不要來看一下？」

若葵只得湊過去看看布滿白點的、楚楚的咽喉，她不明白這醫生怎麼會這樣形容一隻發炎的喉嚨，可是又想不出還有什麼更好的。

診斷完畢，開好了藥，麥明傑脫下米奇錶要為楚楚戴上。

「不行、不行，這樣不行的。」若葵疊聲說：「哄哄她就算了，這錶好貴的吧，我沒帶那麼多錢來。」

「田太太，我是送給楚楚的，我上個月陪孩子到迪士尼，三隻手錶有特價，所以買了三隻，兒子女兒一人一隻，還剩一隻，就戴著，等一個有緣的小朋友，正好楚楚喜歡呢。」麥明傑溫和的，一邊說著，一邊替楚楚戴上，在細細的手腕上把錶帶套緊了：「看，正好合適。」

「謝謝麥叔叔。」楚楚興奮得嗓音都有些顫抖。

若葵知道應該感謝這樣的善意，可是她的態度淡淡的，甚至有些漠然，因為面對這個有兒子有女兒的男人，她忽然想起葛懷民，沒什麼道理的。

走出診療室之前，麥明傑叫住她：

「田太太，我租了一個車位，下禮拜就可以開始停車了。」

「今天早上真的很抱歉。可是，我不是田太太，我是田小姐。」

牽著楚楚的手走出去，她努力挺直背脊，走過一群看卡通的小孩。

楚楚到底是教麥明傑醫生給治好了，而且常常吵著要去診所看卡通。為了這個，若葵買了好幾卷錄影帶回家，楚楚並不特別高興，可有可無似的，卻時時央求：

「媽媽，如果我很乖，可不可以去麥叔叔家看卡通？」

「那裡是醫院，對小朋友身體健康不好的。」

「才不會呢，我去過麥叔叔家以後就好啦，就不生病啦。」

楚楚說得在情在理，一時倒令若葵啞口無言。

母親拉了若葵到一邊：

「妳不明白，我看楚楚也不是真的要看卡通，她慢慢大了，喜歡同伴。」

若葵說不出什麼話，只好讓母親帶楚楚去「米奇兒童診所」，楚楚回來總是興高采烈，母親也對麥明傑讚不絕口，說這個男人真難得，對小孩好有耐心。

有一天，母親在超市幫人代班，打電話回來囑咐若葵要帶楚楚去診所看卡通，若葵嗯嗯啊啊的應承著，心裡希望楚楚會忘掉這件事。但，小孩對於別人答應要給而沒有兌現的東西，是絕不會輕易放過的。吃過晚飯以後，楚楚便像個影子似的，在若葵身邊轉來轉去。好吧，好吧，她牽起楚楚的手，麥醫生既然懸壺濟世，應該寬宏大量，不計前嫌才對。

走進「米奇」，便看見麥明傑捲起袖子在茶几上泡茶，電視前只有兩個孩子，在看「小美人魚」，楚楚立即入座，若葵與麥明傑面對面，不知道說什麼好。

「今天是妳來啊？我和伯母約好品茶呢，坐吧，坐吧，喝杯茶。」

接住遞過來的茶杯，若葵仔細打量這個男人，不但會哄小孩，也很會哄老人家呢。他的頭髮剪得很短，鬢邊隱隱幾根白髮，單眼皮的眼睛帶著笑意，一種諧謔式的。普普通通的鼻子和嘴，身上乾乾淨淨，沒有菸酒味。

「怎麼樣，最近有沒有看見什麼形跡可疑的人啊？」他意態閒閒的問，眼中諧謔的笑意更深。

這個人原來也是心胸狹窄的。若葵原先一點點的好感完全消解無形。

「我可不是整天閒著沒事，在路上發掘通緝犯的。」她沒啥好氣。

「我知道，妳忙著開店，生意好不好做？」

若葵暗中嘆了口氣，母親還真是知無不言，言無不盡。這個根本不相識的男人，恐怕已經完全摸清了自己的前半生，對於一個把你了解得很清楚的人，還有什麼好計較的呢？

「有時好有時不好，景氣不好的時候，人們可以在家吃飯，但是不能自己看病，所以，還是你好。」

「喂，我告訴妳一件事，當年有人就是用這個說法說服我去念醫科的。」

「是嗎？什麼人和我的看法這麼契合？」

「我奶奶。」

麥明傑一說完，自己先大笑起來，若葵也忍不住笑，笑著，又覺得這男人不真是那麼討厭。

「你工作時間這麼長，家裡人不會抗議啊？」

「我總要等孩子們把這卷卡通看完再走，反正，回去也沒什麼事，我的孩子在美國……」停了一會兒，他說：「我離婚了，自己一個人在臺灣。」

若葵上次聽他說陪孩子去迪士尼玩，還當他是闔家安樂的男人，原來是去探望子女的父親，她湧起一種說不清楚的複雜情緒：

「婚姻本來就是一種不合乎人性的制度。」她聳聳肩：「我是反對婚姻的。」

「婚姻不見得適合每個人，但是，能在婚姻中安定下來，是一種很幸福的感覺。」

若葵覺得麥明傑說得太認真，他的聲音聽來有些不一樣了，他的姿態很安靜，彷彿是一種虔誠的宣示。若葵很久沒聽到這樣的說法，她發現自己這些年交往的朋友，不是離婚的，就是不結婚的，大家把婚姻當成一個無可救藥的腐敗朝廷似的，冷嘲熱諷，恨不得徹底推翻，讓所有還想結婚的人幡然悔悟。

她深吸一口氣，第一次，不想與人分辯。

若葵有天早上，送下班回家的思謙到店門口，竟然看見麥明傑搖下車窗的、微笑的臉。

「嗨，這麼巧。」

「嗨，你怎麼會到這裡來？」

「我加油，繞了點路，正好經過，這就是妳的店？很不錯啊。」麥明傑說著，下了車，向若葵走來。

若葵注意到他的跛腳，行走時微微的傾斜，她有些無措，環抱住自己的肩臂。

「有早餐賣嗎？」麥明傑站在門口問。若葵開了門讓他進去，才說：

「我們不供應早餐，可是，有一些昨天的吐司麵包和前天的鮮奶。」

若葵為他沖泡一杯熱騰騰的巧克力，烤香吐司麵包，抹勻奶油，又用剩下的奶油煎了幾朵蘑菇，她不知道為什麼要做這些，好像有些莫名的同病相憐。

「妳最近睡得不太好嗎？」

「你怎麼知道？」若葵飛快瞄了一眼吧檯旁的鏡子，難道黑眼圈這樣明顯嗎？

「感覺到妳的焦慮。」

「真的？感覺得到啊？」若葵沮喪的。

「人都會有焦慮的時候啊，這沒什麼關係的，我還因為憂鬱症治療過一段時間呢。」

「為什麼會得憂鬱症？你看我有沒有可能變成憂鬱症啊？」若葵在沮喪之外又加上緊張。

麥明傑握住熱巧克力，對若葵說了自己的經歷，四年前他送妻子兒女去美國移民，兩年前妻子提出離婚，他原本想要挽回，卻發生了車禍，傷殘了一條腿，於是，在離婚協議書上簽了字，接著，便開始接受憂鬱症的治療。

說著這些事的時候，他並不動情，「甘願迷路」的天窗沒關闔，一束早晨的陽光兜罩著他，坐在吧檯前的，孤獨的男人。

每一個人都有一些傷痛的，不堪聞問的心事吧。若葵沒有把自己的焦煩告訴他，可是，在傾聽中獲得了一種奇妙的紓解。

那天晚上，她睡得很安穩，甚至連夢也沒有。醒來的時候看見楚楚睡在身邊，有一種幸福的感覺。

一個禮拜以後，若葵在店門口看見提了一包蘑菇和吐司麵包的麥明傑。

「嗨！這麼巧，買菜啊？」

「不是巧，我是來找妳教我做煎蘑菇的，我已經努力很多次，都不能成功，犧牲掉好多無辜的蘑菇，如果不是裝在袋子裡，這些蘑菇早都跑出來，逃之夭夭了。」

思謙看見麥明傑，意味深長的向若葵擠眉弄眼一番，若葵假裝沒看見。

一天晚上，若葵去診所接楚楚，隔著玻璃門，看見麥明傑專注的陪楚楚拼圖，她伸出去的手停在半空，因為楚楚撒嬌的笑，因為麥明傑愛寵的神情，她希望可以多看一會兒。她站在黑夜裡，直到麥明傑忽然感應到什麼似的，抬起頭，準確的捉住她的眼睛，對她溫煦的笑了。

她的心，在胸腔裡沉篤篤的跳了幾下。

送他們母女回去的時候，麥明傑問：

「店裡為什麼不賣早餐呢？我還是覺得妳的早餐特別可口。」

母親正好和朋友去長江三峽旅行，若葵轉頭問他：

「要不要試試我的咖啡？」

楚楚睡著以後，他們坐在陽臺上喝咖啡。

「怎麼樣？」

「什麼？哦，咖啡，太棒了，我很喜歡。」

「謝謝你。」

「妳請我喝咖啡，為什麼還要說謝謝？」

「謝謝你對楚楚的耐心。」

「我很喜歡她，她很像妳……」即使在黑暗裡，若葵仍可以感覺到那一雙灼灼的眼睛，在她的臉上燃燒。

燒呀燒的，他吻了她。她猛烈抱住他，是一個遇溺者的姿態，他們由陽臺進了屋，滾倒在客廳的地毯上。

醒來的時候，若葵有一種許久不曾有過的鬆弛與慵懶，或者應該說是從來不曾有過的。她發現自己睡在母親房裡，但，昨夜最後的記憶是客廳……她稍一掙動，溫潤的唇吻上了肩，因為這一吻，她才意識到自己是赤裸的，立即蜷起身子：

「我們怎麼會在這裡？」她問。

「妳睡熟了，怕妳著涼，所以抱妳進來。」

若葵花了許多時間，才能起床，腳踩著地板，覺得軟綿綿的，很不實在。她進廚房做鬆餅的時候，麥明傑跟進廚房，從背後環住她的腰：

「早上起來吃妳做的早餐，是我最渴望的夢想。什麼時候可以實現呢？」

「現在不是實現了？」若葵帶著笑。

「不夠，我很貪心，天天都想要。」麥明傑吻了吻她的耳垂。

「你的意思是……」

「我們結婚吧。」他聲音有些喑啞。

這一句話，曾是若葵全心全意期盼等待的，甚至在懷著楚楚和楚楚誕生以後，她仍幻想著一個情節，葛懷民得知她為他懷了孩子，於是滿心感動與歉疚的向她求婚。然而，到了現在，她不認為婚姻是自己迫切需要的，她也無意在一夜纏綿之後，就匆促決定一種固定的關係。

「你還敢結婚啊？」她玩笑地：「上次付出的代價還不夠啊？」

「我並不後悔付出的那些。」

「你的前妻也不後悔嗎？」

「她已經結婚了。」

「哦？什麼時候的事？」

「一個月前吧。」

若葵身子忽然僵硬，她掙脫出麥明傑的手臂，將鬆餅放在餐桌上，一點笑容也沒有：

「我去換衣服，你吃過早餐快走吧，我不想楚楚看見你在這裡！」楚楚仍熟睡著，若葵挨著她躺下，好像一直沒離開的樣子。麥明傑很快就離開了，他走前在門外輕喊兩聲，說自己要走了，若葵沒有應聲。

「我不想變成人家的替代品，權宜之計什麼的。」若葵坦率的告訴思謙：「因為他前妻結婚了，所以，他就迫不及待想找個女人結婚，那，我到底算什麼，我一輩子不結婚也不結這種婚的。」

「可是，妳不是說，是妳引誘他回妳家的嗎？如果不是喜歡他，以我對妳的了解，這種事兒妳好像不會做吧。」

「我說過了，因為他陪楚楚拼圖嘛，所以我一時覺得……哎呀，反正我不能接受這種事，絕不能。」

「若葵啊，有沒有想過，妳是不是嫌棄他？」

「我嫌他什麼？」反問得很理直氣壯，若葵眼前卻清清楚楚浮現他行走時一高一低的傾斜。

「如果他再年輕些，如果他的腿沒受過傷……」思謙的聲音忽而遠忽而近，成為若葵心裡的迴聲。

若葵下定決心不准楚楚再去診所看電視，母親覺得事有蹊蹺，問不出個所以然，也不再堅持。

從「甘願迷路」的窗子，若葵好幾次望見麥明傑的車停在門外，她把天窗關上，將早晨的陽光隔絕，也將麥明傑隔絕。

一夜，母親和楚楚已經睡了，思謙從店裡打電話來，說發生了一些事，教她馬上來一趟。這種事以往幾乎沒發生過，若葵火速趕去店裡，才進門就被思謙架住。

「有個客人在我們這裡胡言亂語，看妳要怎麼處理。」

從特殊的燈光和氣氛，若葵知道是客人說故事的時間了，同時，她聽見麥明傑的聲音：

「聽到前妻結婚的消息，我真的覺得很失落，不是因為情感，是因為過去的歲月，一去不回……所以，我去找那個女孩，她收留了我，還給我早餐吃。」

「你搞什麼啊？」若葵甩開思謙的手。

「噓，他不知道妳會來。」思謙硬將她塞在角落裡，燈光昏暗的空間，誰也看不清誰，是因為這樣的安全感，使人們願意坦露自己心靈深處的情感嗎？

「她很驕傲，也很天真，那一天做早飯的時候，她好美，我看著她，忽然有一種很幸福的感覺，已經很久，沒有過了，那樣的感覺……我就是想看見她，看見她的小女兒，只要有機會，都不願意放棄。有一次，她請我喝咖啡，我其實不能喝咖啡，因為會心悸，可是那一天，為了想和她親近些，也勉強喝了兩杯……」若葵忍不住笑起來。

「可是，她不能明瞭我的心意，她以為我只是想結婚，其實，我是想和她在一起，結婚不結婚，也不是最重要的事，我應該爭取，是不是？我當然知道，但是，我常常想起自己是一個有殘疾的人，她其實可以有更好的選擇……」他的聲音充滿情感：「但是，我可以開車，我能看病，我可以好好照顧她們，讓她有一天能相信幸福這種東西，就像我看到她以後相信的。」

若葵咬住食指，淚水滾滾流下面頰。

她翻身走出「甘願迷路」，順著人行道，看見了麥明傑的車，她慢慢走過去，曲起腿坐在引擎蓋上，等候。

過不了多久，麥明傑從店裡走出來，他緩緩踱著步，走了過來，在夜色裡辨認出若葵，忽而遲疑了一下，好像有些進退不得。然而，還是朝著若葵走來。

「嗨！這麼巧。」若葵向他招呼。

「這好像是我的車。」

「是嗎？那，你可能得帶我去兜兜風，因為，我沒地方去了。」

麥明傑笑了：

「妳找對人了，我的駕駛技術好極了。因為我繳過很昂貴的學費。」

〈創作完成於一九九八年〉

喜歡

我夢見妳坐在我窗前的草坪上。

醒來時我推開窗，的確有很好的草坪和月色，卻不見妳。

那時我二十歲了；妳已做了母親。

壹・騎車的少年

將要放寒假了，卻仍是該冷而不冷的氣候。她從圖書館還書回來，爬了幾十個階梯，便微微的喘，細小的汗珠滲出來。順手拉挽頭髮，她瞥見研究室樓梯口，停放著那輛熟悉的腳踏車，心口震了震，腳步不由得加快了。

走了幾步，刻意的慢下來，並且告訴自己，不該急促的。

轉個彎，陽光一路溜進來，直爬上那個佇立等待的少年的面頰，成一臉笑。也不知等了多久，看著她的笑容裡，有一絲絲憂傷。

「老師。」

「邱遲。」她仍忙著挽髮，很平常的樣子，就像過去一個學期裡的每一天，就當他是眾多學生其中的一個，一點也不特別，縱使是……

「聽說你要回美國去了？」

縱使是，他要回到他來的地方去了。他要離開了。

「是啊。飛機是明天的，來和妳說再見。」他一轉身，抱出一大束白色玫瑰：

「喏！給妳的。」

她欲接又止，忍不住笑起來。並不是沒有人送花給她，一直都有，卻沒有人像他這樣執著，只送玫瑰。

「你們沒看見邱遲送花給老師，送得多麼勇猛。」班上女生曾驚羨而調侃的說。

邱遲並不在意，也不迴避，理所當然。

她推讓了幾回，並不見效，只得由他。就當是美國回來的洋規矩，欣然接受。

「瞧你……謝謝！」

「希望不是最後一次送花給妳。」

陽光隱在雲後，廊上驀地暗沉了。

「你不回來了？」

「我很想回來，我喜歡……這裡。」

他說得疑惑而不確定，她小心的聆聽，覺得焦慌，因為他不是語彙不夠，而是欲言又止。他若不說，她偏探問不得，要記得，他只是個學生。

她掏出鑰匙打開研究室的門：

「要不要進去喝杯咖啡？」

「這個，給小葳的。」

一隻草編的蚱蜢，翠綠色的停在他掌心。

「啊！你做好了。」

「前幾天我到鄉下外婆家，山邊的草做起來才好看，臺北的草不行，美國的也不行。」

「真的，像真的一樣，小葳一定很喜歡。」

「我喜歡小葳，他好可愛。」

「如果他知道你回去了，一定好捨不得。」

「希望他不會很快忘記我。」

「他會記得你的，你那麼疼他。」

「小孩子的記憶有時候是很神奇的，就像我，一直記著妳。」

她有些恍惚了，陽光圈著他，使他的形體光燦透亮，面目朦朧。

我，一直記著妳。

「要不要坐一坐？」

「我得走了，行李還沒收拾呢！」

他把綠蚱蜢交給她，她伸手去接。兩個人就這樣站在門戶半開的地方，研究室裡層層疊疊的書櫃，陰陰涼涼。廊上有著一大片陽光，錯雜的樹蔭，斑斕的，印在欄杆上，因著風過，晃晃搖動。

她的手指碰觸到他，冰涼的。

他沒有移動，她也沒有。

在陰陽交界處，他們初度相遇。

然而卻是沒有過往，沒有將來，甚至沒有此刻。

他的呼吸顯得迫促了，不肯抬眼看她。

她只有離開，接過那隻蚱蜢。

他深吸一口氣，下定決心似的抬起頭看她，努力的笑得璀璨：

「妳的課上得真的很好，我真的很喜歡！妳是一個好老師，這一次回來能見到妳，我很開心。」

「是嗎？我也開心啊，你是個大人了，當年那麼小，那麼頑皮……」她忽然停住，看著笑得勉強的他：

「多保重了。」

「妳也一樣。」

「問候你的父母親。」

「謝謝！再見了。」

「再見。」

而他並不走，似乎是繃緊了神經，沉重的向前跨一步，伸展手臂，壓縮過的聲音：

「我可不可以……」

他要什麼？一個擁抱？一個親吻？一次真實的接觸作為臨別的紀念？

她不說不動，看著他的看著她的眼睛，對峙著，突然感覺到，他這一走，是再也不會回來了。一股酸楚的柔情湧上來，堵在喉頭。

是的，你可以。

「算了。」他決定放棄，退後一步，肩臂僵硬的垂塌著：

「已經很好了。就這樣吧。我走啦。」

他轉身走了幾步，在轉彎時停下，揚起聲音：

「下次我回來，要喝妳的排骨蘿蔔湯！」

「一定！」

她聽見自己大聲的承諾，因他承諾了還要回來。

抱著花束，來到桌前，花瓶裡的粉色玫瑰已懨懨無力了。為什麼玫瑰只有三天的美麗？她把凋謝的花換過，一邊眺望窗外的綠蔭小道，邱遲騎著車，悠閒的穿越，他的紅色毛衣像盛開的紅玫瑰，一路飄飛，遠去了。

「為什麼你這麼喜歡騎腳踏車？」

「這是我的夢想，騎著車，吹著風。」

「你小時候騎車騎得好快，那次摔得不輕吧，我幫你上藥，明明很疼，你咬著牙不吭氣，很英雄呢！」

「虧得那一摔，才認識妳。」

「你們剛搬來，我們就知道了，你父親是教授，母親是畫家，家裡有兩個寶貝兒子。你很皮，你哥哥很靜，好像沒見過他，聽說身體不太好。」

「其實見過的。」

「是嗎？」

「是。妳請我們吃過牛奶糖。」

「啊。真的？」

「是森永的，小小一盒，好香。現在買不到了，我這次回來都找不著。」

「你也喜歡吃牛奶糖？」

「和過去有關的事，我都喜歡。」

「原來你是復古派。」

「我記得妳家院子裡有柚子樹，窗上有風鈴，有時候我躺著聽整夜的鈴聲……」

「聽整夜？你失眠呀？」

「那年妳十八歲吧？」

「差不多。」

「我爸媽常提起妳，都說妳是好女孩，他們本來想把我小叔叔介紹給妳。」

「真的？」

「可是，我們不喜歡他，覺得他配不上妳！」

「人小鬼大！你那時才幾歲？」

「十一歲了。」

「有嗎？我以為七、八歲，你看起來比較小。」

十二年後重逢。

他二十三歲，仍像個少年，而她已是三十歲歷盡滄桑的女人了。

她以為邱遲永遠是記憶中那個騎腳踏車的自在少年，卻在期末考最後一天接到他的來信。信是在飛機上寫的，轉機時投寄的。沒有稱謂，再不稱她為老師了。

假若現在不說，我恐怕沒有機會向妳懺悔，那將會令我不安。

請原諒。

這些日子以來，妳所以為的我，並不是真正的我。我有意讓妳把我當成另外一個人，而妳以為的那個我，已經去世了。他是我的活潑健康的弟弟邱延。我是那個安靜多病卻仍活著的哥哥邱遲。

我們的重逢當然也不是偶然，如果不告訴妳，我覺得不甘心。

請原諒。

我喜歡妳。

貳·深巷的桂花

邱遲的第二封信來時，學校已放假了，她把學生的成績計算表送去系上，助教從成堆的信件中翻出一封。

「老師！妳的信，是不是邱遲啊？怎麼沒寄信地址？」

這封信長多了，說他已平安返抵家門。並告訴她，他的中文程度令她驚訝，是因為長久以來都是以中文書籍打發病榻上的歲月。若是邱延就不成了，他八歲便離開臺灣，是個道地的美國人了。

她倚著研究室的窗讀信，不知道自己該有什麼樣的情緒。曾經供養過各色玫瑰的花瓶，此刻換成潔白碩大的香水百合，清香而且耐久，花朵面窗綻放，正對著綠蔭小道，像是一種守望。那騎車的少年已遠去了，而他又不是她所以為的那個人，她覺得怔忡，恍然若夢。

他曾在小徑上繞著圈子騎車嗎？曾在風裡撥撩那一綹遮住眼睛的髮絲嗎？曾捧來一束又一束玫瑰嗎？曾在聚餐時賣力刷洗鍋碗筷盤，並且聲稱自己是最好的洗碗機嗎？曾把小葳架在肩上，騎著車載小葳兜風嗎？

還記得那株好大的桂花樹嗎？長在妳家庭院裡，從秋天到冬天，甜甜的香著，細細碎碎的小白花，雨後便鋪散一地。那年我身體特別壞，有時整個星期，沒日沒夜，就在床上躺著，醒醒睡睡，都在桂花香裡。

狀況比較好時，我便坐在窗前讀書，看著白衣黑裙的妳回家。有一個高高瘦瘦的大男生送妳回家。

那個秋天，妳非常美麗。

十八歲她落進初戀的情緒，那個籃球打得好又能寫詩的男孩子，追求她而不是她身邊出色的校花。

「為什麼是我？」她傻傻的問。

「為什麼不是妳？妳很好啊。」他淡然回答。

她於是像桂樹到了秋天，不能遏止的馨香光華，滿樹繁花。

他們的戀愛因為爆出冷門，所以萬眾矚目，豔冠群芳的校花也矚目。

期末考之前，男孩突然說身體不舒服，不能一起去圖書館了。她獨自去了，因為寒冷的緣故，坐了半天便決定提早回家。搭公車準備換車時，在路邊騎樓看見男孩攬著校花，親密的走進情人雅座咖啡廳。

轟。她覺得腦中有什麼破裂開了，碎掉了，攏不住，救不得。

她沒下車，拚命把身子往裡面縮，蜷回座位裡，抖瑟的，用力揉擦自己的嘴唇。三天前他才拉她在桂樹遮蔽下，溫柔的吻了她。她為他的生日，用月曆紙摺了九百九十九顆星星，盛在玻璃瓶裡。他吻她的時候說：「妳真好。」

而他這樣待她。因為她好，所以得到這樣的對待嗎？

一夜冬雨，桂花落盡，化成了泥。

邱延騎車在妳家門口翻倒時，我正在窗前看著。本來要喊的，可是突然看見了妳，妳扶起邱延，笑著跟他說話，好久沒見妳笑了。那時是春天，杜鵑開得亂糟糟的。妳替邱延擦藥，很輕巧細心，我一直羨慕邱延能跑能跳，那一刻卻因為自己不是他而嫉妒憤怒了。

他後來跑上樓來，把妳送的牛奶糖分一半給我，我問他妳跟他說了什麼，他說沒什麼，我生氣的恐嚇他，若不仔細說給我聽，就要告訴爸媽他太頑皮，以後不准他騎車。他受了威脅，只好一句一句說了，我命令他以後要常常去跟妳打招呼，說說話。

那夜，我把牛奶糖含在嘴裡入睡的。

邱延說妳聞起來香香的，我說一定是桂花的香氣，他說他不知道，他只喜歡牛奶糖。

而我喜歡桂花的香氣。

邱遲和學生們到她的小公寓去，先到陽臺張望了一陣。

「什麼事？」

她那時已注意到他，因為他是來自遠方的選讀生，也因為他說出與她的一段淵源。

「怎麼妳沒有種桂花？」

「公寓裡不方便。」

「可是妳有桂花的味道。」

「啊哈！」一旁的學生起鬨：「老師是香妃，體有異香——」

她笑著看邱遲，做出一個無辜的表情。邱遲也笑，卻笑得悵然若失。

寒假裡，她帶著小葳到研究室去，給他粉筆和畫冊。瓶裡插著粉色玫瑰，她走過花店，看著玫瑰，猶豫要或不要，此刻已在瓶裡，像呼喚著舊日回憶。

她拆他的第三封信，仍是沒有寄信人地址的，是恐怕她去信制止他的來信嗎？她其實在等他的信了，等著自己年少歲月的另一種輪廓，她一直不知道，某扇窗後有一雙孩子的眼睛在探看著。

他是孩子嗎？

其實，我早就不是孩子了。當我在窗內窺視妳的時候，已有了愛戀的情感。

出國那天，知道妳會來相送，我教邱延說了許多話，而他只顧著和其他的小孩告別，什麼都沒說。

她彷彿想起他們舉家移民美國的那個初夏，她和鄰居們圍著車子與邱家告別。邱延衝過來朝她嚷：

「姐姐再見。拜拜！」

她伸手想拍他的頭，他卻蹦跳著上車了。車窗搖下來。她看見一張陌生的孩子的臉，黑眼瞳幽幽的看住她。

大概是那個病弱的孩子了，她溫和的微俯身，向他招招手，說：「嗨。」是邱遲。如今想來，是邱遲。

他伸出手，像要與她招呼，又像要握住她，而車子開動，他落了空，緊緊攀住車窗邊緣。車子一路駛進陽光裡，像是融掉了。

是第一次見面，以為也是最後一次，有著訣別的痛苦。

我記得那天妳家燉著排骨蘿蔔湯，是我嚮往的。而他們說蘿蔔是涼性的，對我身體不好，我只有痴心的想望著。

邱遲告訴她，到美國之後，他的健康狀況果然漸漸好轉起來，邱延適應得更好。他們相繼進入大學，卻沒逃過一場意外的浩劫。意外發生時，死神帶走的不是邱遲而是邱延。為什麼會發生這樣的錯誤？不該死的死了，該死的卻活著。

在喪禮中許多來致哀的親友都以為死者是我。如果可以交換的話，我絕不遲疑，便把邱延換來，然而卻是不能夠了。我整天跑來跑去，總想有人能夠告訴我，這究竟是為什麼？

我為什麼活著？

小葳攀爬到她的膝頭，把畫冊翻到第一頁。

「媽媽！看！邱叔叔……」

邱遲替小葳畫了一個女人，一個男人，一個小孩，用注音符號寫著：「ㄇㄚˇ ㄇㄚˊ」、「ㄕㄨˇ ㄕㄨˊ」、「ㄒㄧㄠˇ ㄨㄟ」。她不知道他什麼時候畫的，而當她看見ㄒㄧㄠˇ ㄨㄟ一手牽著ㄕㄨˇ ㄕㄨˊ，一手牽著ㄇㄚˇ ㄇㄚˊ，雙眼忽然潤潮了。

後來我才知道，我活著，就是為了要回來，與妳相認。

參・窗臺的月色

除夕前一天，她才把房子內外清掃乾淨。哥哥來接他們的時候，她剛把邱遲的信拆開，看了幾行。

「大舅舅——」小葳叫著奔過去，攀著脖子往身上爬。

「哇！」哥哥一手兜住小葳：「媽媽給你吃什麼呀？這麼重。」

「快下來。乖！」

「不要。」小葳摟緊她哥哥的脖子。

她其實已經發現小葳對成年男人的需求、渴慕，這將會是她無法規避的問題。

她把邱遲的信放在背袋裡，而那些字句卻跳動在跟前。

窗臺上有明亮的月色，總令我欣喜。因為我可以看見妳在院裡澆花，或者靜靜坐著發呆。我總是把房裡的燈熄滅，月亮替我點起一盞燈，把妳的面目照得好玲瓏，好柔美。

有一天晚上，我夢見妳坐在我窗前的草坪上，短頭髮，白衣黑裙。醒來時我推開窗，的確有很好的草坪和月色，卻不見妳。

那時我二十歲了；妳已做了母親。

自從父親過世，母親便和她的兄嫂住在一起。她哥哥房子大，每逢年節便接他們母子來吃住，嫂嫂熱誠隨和，孩子們玩在一起也開心。她把禮物交給嫂嫂和母親，順道問起母親記不記得以前老房子的鄰居邱家？

說起老房子母親的故事可多了，那房子住了二十幾年，上有天，下有地，種什麼樹都能活。說起柚子樹、葡萄、杜鵑，還有一大棵桂花樹，一到秋天，整條巷子都是香的……

嘩！孩子們紛紛嚷著：

「我們為什麼不去住有桂花樹的房子？」

「你爸爸把它賣啦！」

「爸爸為什麼要賣？爸爸好壞——」侄女撒賴的捶著哥哥。

哥哥只尷尬的笑，並不分辯，也不閃躲。

「好啦。聽奶奶說。」母親把小女孩摟進懷裡：「老房子舊了，爸爸換了新房子，咱們住得才舒服，叔叔才有錢去美國深造。明白嗎？」

打了岔，又繞了半天才回到邱家。

「住不了多久就搬走了，好像移民了。是不是？像是。」

「記得他們家的孩子嗎？」

「男孩子嘛！好皮。說要烤番薯，把村邊一片矮樹林都燒了，在巷子裡丟球，左鄰右舍的窗子都打破了。他媽媽天天提著他給人賠不是。我記得，也是個混世魔王。長大以後，不知道怎麼樣了？說不定傑出得很！」

但他還沒來得及傑出或者長大，生命力極旺盛的孩子，早早的走了。

「還有一個，生病的孩子……」她提醒母親。

「好像有，總看不見人，他媽不許他出門吧，身子弱。」

「媽，妳記不記得他生什麼病？」

「什麼病呢？是不是氣喘？……不對，那是妳三姨的兒子。癲癇吧？」

「啊！不對，那是武家老三。我想想，是心臟嗎？還是……疥瘡，哎！疥瘡是癲癇嗎？原來是。

「是小勝，妳連這個都記得。」哥哥在一旁接話了。

「還有個患腰子病的，他媽媽可苦了……」

「媽呀！」嫂嫂忍不住笑了：「怎麼誰得什麼病妳都記得？有沒有人得痔瘡誰啊？」

啊？」

她和母親和哥哥面面相覷，而後爆笑出聲，一發不可收拾。前俯後仰的笑中，哥哥舉起手：

「就是我。老婆。」

小葳睡著以後，她洗好澡便鑽進母親棉被，小女孩時的習慣。

「累不累？」母親披衣坐起打量她。

「還好，過得去。」

「弟弟上次打電話來，說小葳的爸爸結婚了。」

「是嗎？」

「哼！他倒方便，又結婚了。」

「才好呀！至少不會再來煩我了。」

「他那麼狠毒，當初真該告他，讓他嘗點苦頭！」

「媽！」她翻身坐起，認真的：「他是病人！他有病。他如果不接受治療還會發病的。」

「他有病？有病為什麼不打自己？為什麼專對妳下手？如果不是打瘋了打到他們系主任，事情鬧開了，他還不知道要怎麼折騰妳。妳和小葳都得沒命——」說著，母親的淚洶洶的上來了。

「不會的，媽。」

我後來憎惡這樣的月光了，自從妳輕描淡寫說起那段不堪回首的過去，說每到月圓時便在陰影下輾轉哀泣。

她曾和學生們說起惡夢一樣的婚姻，因為一個女生被男友打斷了牙齒，而且這樣的傷害不只一次了。

「我那麼愛他，他為什麼這樣對我？」女生嚎啕大哭，悲痛欲絕。

「妳要離開他。」她忽然說，而後一連串的：「這太危險，太痛苦，太不值得——」

「老師，妳不知道……」

「我知道的，我真的知道。」她顫抖的握住女生顫抖的手。

一旁的女生圍過來：

「老師，妳是不是，真的……」

學生們會知道的，前兩、三年她常掛彩來上課，起先同事們還笑著問：

「怎麼又摔傷了？」

後來漸漸不敢看她，她也逃避他們。她的被毆變成大家的難堪了。她開始請假，躲著學校也躲著家人，但躲不開那個男人。那男人是歸國學人，大學教授，也是有暴力傾向的躁鬱症患者。是她的丈夫。

他是在結婚後三個月動手的，後來她才知道自己那時已懷孕。她去醫院與母親換班，看護重病的父親，稍稍耽誤了回家做晚餐的時間。他在房裡等她，劈頭兜臉一陣打，她全無招架，趴倒在地上，聽著他的咆哮，說她不顧丈夫的尊嚴，沒一點分寸，必須好好教訓一頓。他摔門出去以後，她爬到窗邊，舔著血腫的嘴角，不知為什麼並沒有哭。窗外有一輪圓月，寒氣直砭肌骨。

再見到母親時她說停電撞傷了，母親為父親的病已然心力交瘁。倒是父親敏感，她從瞌睡中醒來，父親正坐直身子打量她，目光炯炯。

「妹妹呀！妳實對我說，他是不是打妳？」

「爸！」她神魂俱摧：「沒有啊！不會的。」

「可是我總覺得不對。妳向來很小心，為什麼撞成這樣？我昨晚上夢見妳哭著說他打妳。」

「夢，怎麼準呢？別胡思亂想……」她扶著父親躺下。

「如果是真的，我真死不瞑目，是我把妳交給他的……」

「爸！」她攬抱住塌瘦的父親：「你安心休養，你放心，不要擔心我！」

月圓時他容易失控，她縮在牆角，緊緊護著肚腹，那裡面有個生命在成形，與她心意相通。她唱歌時，胎兒緩緩轉動；她挨揍時，胎兒緊張痙攣。

父親去世以後，她決心離開丈夫，卻不知道怎麼和家人說。她怕他們禁受不住她受的痛苦。而丈夫再度失控的衝動下，因猜忌多疑，打傷了他們的系主任。事情一連串抖露出來，她的家人幾乎要崩潰，她是一個鼻青臉腫的臨盆女人。

「為什麼瞞我們？」母親一聲聲的問。

「不想你們擔心……」

「擔心？我們的心都要碎了！我們都活著，讓妳受這種罪，我怎麼跟妳爸爸交代？」

哥哥像困獸，在她床前踱著步子。弟弟也飛回了臺灣，是他介紹了學長，替姐姐牽線作媒，如今要回來給家人一個交代。

她抓住暴怒的弟弟，產後縱使虛弱，頭腦卻很清楚。

「不要找他麻煩，我要離婚，我要孩子。」

事情發生得很快，他辭了職，與她辦妥離婚，離開臺灣，放棄了孩子。

當她儘量不動聲色的說著往事，邱遲忽然站起身走了出去。

我逃了出去，因為無法承受妳所遭遇的，尖銳的痛楚令我忍不住號叫，我奔進樹林，一種無可奈何的絕望淩遲著我。我瘋狂的騎車亂竄，任惡風切割，直到冷汗涔涔。

黃昏我到研究室去，看見妳環抱著另一個不知為什麼而哭泣的女生。我看著想，妳的愁苦和傷痛，誰來安慰呢？

她看見他站在陽光顆粒舞動的門口，好像他也是夕陽的一部分，有著一種深切的憂愴。

「邱遲。有事嗎？」

原本在人群中霍然離去，令她錯愕。而他又返來，或許會有解釋說明的吧。

他看著她，緩緩搖頭，把手插進褲袋，走開了。像是夕陽走過廊簷，天便黑了。

妳令我快樂，也令我悲傷。

假如沒妳的允許，不能說「愛」。那麼，至少我可以說：喜歡。

我喜歡妳。

這一回，不請求妳的原諒。

肆・永恆的玫瑰

過完年，小葳留戀著舅舅家，和表哥表姐難捨難分，而她堅持要回家準備新學期教材，便獨自一人回到小公寓。信箱裡是空的。她在下午趕去研究室，掏了掏空無一物的信袋。坐在桌前，才面對事實，她在等他的信。

如此急切，如此躍動，她在等邱遲。

學期開始，她便在課堂上熟悉的學生中看見陌生的邱遲。

寬大的白襯衫，及膝的花色短褲，旁分齊耳的黑髮，是助教們討論的那個美國來的選讀生了。

他們那天談的是情詩的賞析和寫作，照例要學生們談愛情。

直教人生死相許——有人還這麼信仰。

情天轉瞬成恨海——有人根本嗤之以鼻。

而邱遲舉手發言，他撩一下垂落眼前的髮絲：

「愛情沒得選擇的，快樂或者痛苦，都要承受。因為愛人或者被人愛，都是上帝的祝福。」

學生們鼓掌喝采，倒不見得是贊成，而是驚異於他的流暢優美的表達能力。

她也詫異，因他說這話的懇切篤定，與他年輕的外貌太不協調。後來一些課堂內外的討論，他們斷斷續續仍談過一些。

「年齡的差距很重要嗎？」好像是個女生問的。

「因人而異吧。對我來說，二十幾歲時的想法還不成熟，現在三十歲，很多事就明白清楚了。」

「那也不難。」邱遲笑著：「只要活著，總能到三十歲，如果三十歲很重要的話。」

「對我來說，是很重要的。」

「如果有人的生命太匆促，只好在二十年內過完五十歲呢？生命的長短與心智的成熟，有一定的比例嗎？」

那些話語此刻異常清晰深刻。

她站在窗前環抱雙臂，輕輕在心裡唸一個名字。

那條綠蔭小徑，曾經邱遲載著小葳駛過，他們一齊轉頭向窗內的她招手，不知是否是錯覺，她聽見他們和諧歡樂的笑聲。那一刻，她清楚記得心中怦然感動。她的親愛的小王子和那個來自過往歲月的大王子，兩個好看的男孩，飛翔過她的窗前。她睜睜看著，在玫瑰花的馨香裡，努力記憶。

「玫瑰花太容易凋謝了。」她對邱遲說。

「美麗、短暫，好像愛情。所以要常常換新，才能長久，也好像愛情。」

「喜新厭舊。男生都是這樣，邱遲也一樣。」有女生在一旁抗議。

「不是啊……」邱遲想解釋。

「我懂得。」她忽然說。

女生們仍議論紛紛，而邱遲停住了，他聽見了她的話。她聽懂了他的話，何必再費口舌？

他於是緘默不語，在一片浪潮的喧譁聲中，看著她微笑。

她翻找學生留下的通訊資料，沒有邱遲的。她記得他有外婆，外婆家在新竹還是豐原？要怎麼才能探聽他的消息？有一天，她焦躁的無情無緒，有很深的悔恨，她一直刻意忽略他，此刻竟無線索可尋。

為什麼刻意忽略？是因為一直就知道的。

她一直知道，只是假裝不明瞭。

我可不可以……在夢中，在睡與醒的邊緣，常見他臨別時向她伸展手臂，向她請求。

已經很好了。就這樣吧。

她的心情漸漸平靜下來，是一種充實飽滿的安寧，不是枯槁的灰澀。邱遲的來信，她拆著，急莽的撕毀了漂亮的郵票。

因為怕是最後一封信，反而下筆艱難。過完舊曆新年，我就去醫院動一個大手術。半年前知道要動手術，我只提出一個心願，讓我回臺灣去看看。看見妳以後，才發現我要的更多，對生命的眷戀更深。在我殘餘的知覺中，將唸著妳的名字。因為妳是我半生的戀人。

她恍然明白自己那天惶亂紛擾的心緒，正是他被送上手術檯的時刻。他的意念強烈的感染她了。

這個手術是救命的，也可能是致命的。它令我勇敢，也令我怯懦。它令我自私的坦露了情感，卻也懊悔對於妳的干擾。

如果我走了，請妳就當我從不曾存在吧。當我是邱延，或是窗內隱藏的孩子。把我忘記。我真心的請求。

但若我活了過來，若上帝允許了我，健康的活下去，妳是不是也能答應我，回到妳身邊，不只是喜歡妳而已？

上帝。祢允許了他嗎？

她準備了禮物去哥哥家過元宵節，車子行過熱鬧的假日花市，她忽然說想買一盆桂樹。哥哥說公寓裡怎麼種桂樹？她說她真的想要，她說她喜歡桂花香。哥哥靠邊停了車，去替她挑桂樹，卻不明白這樣一件小事為什麼讓她轉眼淚。

手術成功以後，大概需要一段休養時間。然後，我將去找尋妳。或許是秋天吧，桂花都開了。

妳快要忘記我，而我就來了。

〈創作完成於一九九三年〉

翅膀的痕跡

女孩在他眼前忽然朦朧了，
她的肩下彷彿生出了巨大的羽翅，
用力扇動著……

Long Island Iced Tea！維明向吧檯作出一個手勢。這已經是今晚的第三杯，他只是感到渴，像身體裡有個破洞，水分不斷滲漏流出。

捱著他坐著的Lily，手掌輕撫他的腿，低聲問：「你沒事吧？吃點東西嘛。」他微笑著對Lily點點頭，他不是來參加時尚派對的；也不是來與圈內老友敘舊的；更不是來吃東西的，事實上，他是來買醉的。他已經連續好多天被惡夢糾纏，又被失眠困擾。他需要一醉，讓自己徹底休息。

「嗨！維明。」幾年沒見的Rose一身火紅，走過來向他舉杯：「聽說你又訂婚啦，這次是哪個倒楣鬼啊？」

「是我。」Lily的聲音揚起，沒有任何情緒的：「依然是我。」

那一刻，維明覺得自己的心頭被震盪了一下，是的，確實是這個女人，他已經是第二次與她訂婚了。她為什麼還願意答應他？再當一次所謂的「倒楣鬼」？他看著她，這是今晚頭一次，專注的打量她。她的額前剪齊的劉海，黑得發亮，將她纖巧的臉襯得更加雪白，而她的黑眼瞳十分深幽，就那麼無所畏懼的，坦然的注視著Rose。

「喔喔，Sorry，Lily，妳知道，我不是那個意思。」Rose俏皮的聳聳肩，與她的女伴一起離開了。

維明的手握住Lily，緊了緊，表達他的歉意與其他，Lily索性貼住他的身體，求取了一個不完整的擁抱。Long Island Iced Tea送了過來，維明將Lily的身體移開，很乾渴似的大大啜飲一口。

前方伸展臺上的乾冰如煙似霧，震耳欲聾的音樂聲響起，今晚派對的重頭戲登場了。Lily的好友Albert剛從巴黎回來，帶著他的新靈感與新作品，以及名為Margaret的新品牌。這場發表會眾星雲集，熱鬧非凡。一個又一個模特兒魚貫走出來，邁著機械的步伐，臉上毫無表情，濃重的彩妝使她們看起來更為一致，就像發條娃娃，不知不覺，維明喝下了第四杯Long Island Iced Tea，開始有點輕飄飄的感覺。

伸展臺上的燈光忽然熄滅，Lily湊在維明耳邊：「來了，你的『天使之星』來了！」她聽起來很興奮，使得維明也跟著亢奮起來。『天使之星』是維明這些年來最經典也最受讚譽的作品，他是個珠寶設計師，許多富豪名流向他訂製珠寶，更多人貪愛這顆『天使之星』，但，它是非賣品。因為Albert是Lily的至交，他才同意出借，作為壓軸的表演。

Albert出場了，牽著一個幾乎是素顏的女孩，女孩的身形勻亭，並不太瘦，她的長髮高高盤起來，露出修長的頸項，身上裹著一襲緊身米白色長衫，削肩的設計，有點希臘女神的味道。與之前那些亮麗炫目的色彩和樣式相比，維明覺得這一個女孩與這一套衣裳，或許會是今晚他最喜歡的部分。但是，『天使之星』呢？他在微微的暈眩中，認真的打量著女孩。女孩走到距離維明最近的地方，忽然一個轉身，伸展雙臂，於是，維明看見了。他首先看見的是『天使之星』鑲嵌在女孩的肩胛骨下方，接著他看見女孩另一邊的肩胛骨下方，那個明顯的凹洞。

「妳受過傷嗎？」

「不是的。生下來就有的了。」

「我知道了，這是翅膀的痕跡。妳其實是一個天使吧。」

女孩在他眼前忽然朦朧了，她的肩下彷彿生出了巨大的羽翅，用力扇動著，他伸出手想要阻攔，不要，不要飛走！我的天使！那羽翅的尖端，像劍一樣刺進他的眼睛，尖銳的疼痛與驚懼，使他失聲大叫，失去了知覺。

他頭一次看見肩胛下的凹洞，是在十九歲那一年。他參加了教會的夏令營，帶著一些高中生去湖邊營地，遇上了那雙眼睛。那是個高中女生，薄薄的短髮貼著她的頭顱，很美的弧線。她的黑黑的圓眼睛總尾隨著他，當他同大家說話的時候；當他俯身升起營火的時候；當他為其他的男孩子製作釣竿的時候，都那麼明確的感受到，灩烈的眼光。

直到第三天，她走到他面前，對他說：「我叫洪豆豆。」

他已經知道她的名字了，她的名字，被他默念了許多遍。他笑著對她點點頭：「我叫方維明。」

「你好啊，方維明。」她的身體成一種慵懶的傾斜，伸出手與他握手。

他握住她的手，柔滑軟膩，使他片刻恍惚。

「方維明！別把她煮來吃啊！你愛吃紅豆湯嗎？」一旁經過的隊友，嚷嚷著，開他們的玩笑。

他知道，大家都叫她「紅豆」。紅豆湯暖暖的，又那麼甜蜜；紅豆生於南國，詩人說它能表深深相思。

那天夜裡，幾個男孩女孩來找他，說是要升個營火夜泳，其中也有豆豆，他答應了他們，一起去到湖邊。當他升好營火，他們一群人已經躍進湖裡，只聽見暗黑的湖中，傳出的嬉笑聲。他忽然覺得好孤單，彷彿也已年老，進不去那異樣青春的世界。

濕淋淋的豆豆不知何時來到他身邊，像個湖裡的精靈。

「一起游嗎？」他搖搖頭，今夜，他是他們的守護者。

豆豆於是起身，再度走向湖水，火光映照著她雪白肌膚，修長的雙腿，半裸的背部，以及雙肩之下的兩小塊陰影。為什麼會有這樣的陰影？他感到好奇，直到天漸漸亮了，他才能清楚看見，豆豆肩胛骨下的陰影，其實是凹洞，如一枚豌豆大小。

「妳受過傷嗎？」吃早餐的時候，他問坐在身邊的她。

「你沒受過傷嗎？」她喝一口牛奶，唇邊沾著細細的沫子。

「我說的是妳的肩膀。」

「原來你一整夜在看的，就是我的肩膀。」她用杓子挖了一匙馬鈴薯沙拉放進嘴裡。

「那是傷痕嗎？」

「不是的。生下來就有的了。」

「我知道了，這是翅膀的痕跡。妳其實是一個天使吧。」

維明不知道為什麼，就這樣脫口而出，有點唐突，又有著非說不可的迫切。他們就這樣相戀了。十九歲的維明與十七歲的豆豆，彷彿他們一直在尋找著彼此，終於遇見，那樣的篤定。維明在島嶼的南方念大學，豆豆在北方讀高中，寫信和打電話變成最重要的連繫。每天一封信，豆豆用端正的筆跡，把她的心情與感受寫給維明。維明覺得自己不擅長寫信，便排長長的隊伍，用長途電話打給豆豆。豆豆的耳殼緊貼著聽筒，聆聽維明的每一句話，也聆聽著錢幣墜落的聲音。

「你花好多錢啊。」豆豆常這麼說。

「妳不用擔心錢。」維明總這麼回答。

維明是銜著金湯匙出生的，他的家族是珠寶世家，而他是唯一的繼承者。豆豆的父親是一個廚師，一直夢想開一家餐館，卻遙不可及。

維明當然明白，如果要和豆豆廝守一生，有很艱難的路要走。他甚至想過脫離家庭，帶著豆豆遠走海角天涯這樣的事。但是，他也有放不下的祖母，和疼愛近於溺愛他的母親，他對於未來沒把握，乾脆不去想這些事。

自從豆豆意識到他們之間的差距，她那擅於抒情的眼睛，便常常帶著憂傷的光芒，令維明心弦俱斷。

維明擁豆豆入懷，撫摸她肩下凹痕：「我要為妳設計一個特別的珠寶，戴在這裡。」

「我才不要珠寶。」豆豆親吻他的手指：「你知道我只在乎你。」

他們都在教會長大，認為婚姻之中的性愛才是神聖的。

每當在親吻與愛撫之後，維明無法抑制自己的緊要關頭，他便顫抖的親吻她的肩下凹痕：「妳是我的天使，我要像愛一個天使那樣的愛妳。」這樣的話語令他自己冷靜下來，也令豆豆深深感動。

然而，在維明大學畢業那年，他們舉辦了一場迷幻舞會，確實有人帶了令人迷幻的食物或藥物進場。維明擁抱豆豆，再也無法遏止自己爆發的情慾，他頭一次感覺到身體的能量如此巨大。他這麼這麼愛這個女人，為什麼不能？他的喘息粗濁沉重，彷彿要把豆豆撕裂似的要她。豆豆其實是清醒的，也曾掙扎推拒，卻顯得太微弱了。他將半裸的豆豆推向賓館牆面的大鏡子，因為冰寒，豆豆叫出聲，他將身子反轉，自己的裸背貼上宛如寒冰的鏡面，透心的寒意，使他更加奮力的想要進入她的溫暖之中，彷彿她是宇宙天地間僅存的光與熱。

天亮之際，他們潦草地從床上醒來，豆豆已經哭過了，此刻眼睛腫著，眼神卻很透亮。她趴睡著，肩上的凹痕似乎在譴責著他，維明輕輕吻著她的肩痕，對她說：「對不起，請原諒我。」

「我再也不是天使了，你還會愛我嗎？」

他的心揪成一團，痛到幾乎哭出來：「如果有地獄，我們一起去。」

但，他不明白自己的地獄是怎樣的。

豆豆的母親去找他的母親，說是女兒懷孕了，要他們負責，三個月以內娶進門。這件事在方家投下一顆震撼彈，他們把豆豆母女當成了勒索犯，根本不准維明與豆豆私下見面或通電話，所有的信件都要受到檢查。豆豆顯然也被母親看守得牢牢的，他難得找到機會打去的電話，都被豆豆的母親截斷了。

好不容易，在秋天之前，維明找到一位肯幫忙的修女，幫他約出了豆豆。

豆豆變得很瘦，雙眼下的陰影，是流淚與失眠的留痕。但，她注視著他的眼神，仍是那樣的灩烈，就像十七歲一樣。

「妳真的……懷孕了？」他說出的第一句話，不明白為什麼會是這樣的。

她沒回答，定定看著他，點點頭。

「只那一次，就……懷孕了？」

像被針猛力一刺，豆豆的身子彈跳一下，眼中注滿淚水：

「你不愛我了。」

「我只是想要知道，妳為什麼不先跟我說？為什麼要去我家裡鬧……」

「你不愛我，沒什麼可說的了。」她絕望的站起身，搖搖欲墜的握住修女的手：「我要回去了。」

修女用責備的神情望著他：「豆豆吃了很多苦。」

那竟是他最後一次見到豆豆。

一年之後，隨父親移民到美國的豆豆自殺了。

而他在軍隊裡服兵役，哪裡也不能去，什麼事也不能做。

他還是繼承了家業，成為一位珠寶設計師。二十年來，卻從沒能讓豆豆從生命裡離開。他知道自己是深深摯愛她的，只是那時候，太龐大的壓力，使他無法勇敢的迎上前去，反而選擇了退縮。如果他知道自己再也沒有機會，他絕不會放棄的。他仍遇見女人，仍與她們戀愛，甚至還訂婚，每次都以為會成功。

Lily是最特別的一個女人，她守在他身邊已經有十年了，頭一次與他訂婚，那麼盛大的舉辦宴會，卻沒能走進結婚禮堂。她傷心的出國去，兩年後，又回來，他看見Lily的時候，依然會心跳，當她在身邊睡著或醒來，他也會感覺幸福。

「我真的希望把妳留在身邊，但是，我對自己沒把握。」他攬抱著Lily說。

「要不然，我們再試一次？」Lily梳理著他微汗的髮鬢。

「怎麼試？」

「訂婚囉，就用上次的那只戒指，連改都不用改，是不是很方便啊？」

他心疼的把臉埋進Lily的胸口，說不出話來。

Lily有自己的事業，有許多朋友，是個感情充沛的女人。最重要的是，她瞭解維明，包括與豆豆的這一段，但，她還是願意愛他。

此刻，再度遇見天使，看見肩上翅膀的痕跡，他昏厥，然後醒過來。望著Lily，他問：「這就是妳說，要送給我的禮物嗎？」

Lily握住他的手，點點頭。

「她是誰？」維明的聲音喑啞哽咽。

「豆豆的女兒，也是你的女兒。」Lily說：「她叫念維，她的母親為她取的名字。念維。她並不恨你，她愛你啊。」

維明的淚，停不住的流下來。

他明白了許多事，豆豆當年去美國生下女兒之後，一直想帶著女兒回臺灣，和維明重聚。但，她的母親不准她離開，她鬧了許多次都沒用，只好用自殺來威脅。原本算好了父母親會回家的時間，正好將她送醫急救，沒想到那天餐館裡有人喝醉鬧事，出動了警察。當父母親回到家，看見了豆豆的留言：「如果不讓我回臺灣，就不要送我去醫院了。」他們真的願意讓女兒回臺灣了，只是一切都來不及了。

「外公說，一切都是意外，他告訴我，媽咪去世，不是因為恨，而是因為愛。」念維用英文與維明對話。她後來由一對美國夫妻收養，卻仍常常回到外公外婆家，並且保有自己的中文名字。

十九歲的念維，被Lily找到，她願意回到臺灣，與維明相認。「媽咪一直都想要回來的，她想帶我回來跟你團聚。現在，Lily幫我們達成心願了。」念維擁抱住維明，對他說：「Lily是你的天使啊，你知道嗎？她是這麼這麼愛你的。」

維明一隻手臂環抱住念維，另一隻手臂環抱住Lily，曾經，他讓天使飛走過一次，此後，他再也不會放手了。

國家圖書館出版品預行編目資料

喜歡 / 張曼娟作. -- 二版. -- 臺北市 : 皇冠, 2019.04
面； 公分. -- (皇冠叢書；第4749種)(張曼娟作品；11)
出版20週年紀念全新增訂版
ISBN 978-957-33-3434-7(平裝)

857.63　　108002833

皇冠叢書第4749種
張曼娟作品 11
喜歡【出版20週年紀念全新增訂版】

作　　者—張曼娟
發 行 人—平雲
出版發行—皇冠文化出版有限公司
台北市敦化北路120巷50號
電話◎02-27168888
郵撥帳號◎15261516號
皇冠出版社(香港)有限公司
香港銅鑼灣道180號百樂商業中心
19字樓1903室
電話◎2529-1778　傳真◎2527-0904
總 編 輯—許婷婷
繪　　者—陳采瑩
著作完成日期—1999年02月
二版一刷日期—2019年04月
二版四刷日期—2023年05月
法律顧問—王惠光律師

讀者服務傳真專線◎02-27150507
電腦編號◎012111
ISBN◎978-957-33-3434-7
Printed in Taiwan
本書定價◎新台幣380元/港幣127元